U0839948

民国首版文学经典

火 灾

邱东平 著

上海科学技术文献出版社
Shanghai Scientific and Technological Literature Press

图书在版编目（CIP）数据

火灾 / 邱东平著．—上海：上海科学技术文献出版社，2014.5
（民国首版文学经典丛书）
ISBN 978-7-5439-6181-4

Ⅰ．① 火… Ⅱ．①邱… Ⅲ．①长篇小说—小说集—中国—现代 Ⅳ．① I246.5

中国版本图书馆 CIP 数据核字（2014）第 030392 号

责任编辑：张 树 于玲玲
封面设计：周 婧

火 灾
邱东平 著
出版发行：上海科学技术文献出版社
地 址：上海市长乐路 746 号
邮政编码：200040
经 销：全国新华书店
印 刷：上海中华商务联合印刷有限公司
开 本：850×1168 1/32
印 张：4.25
版 次：2014 年 5 月第 1 版 2016年 3月第 3次印刷
书 号：ISBN 978-7-5439-6181-4
定 价：28.00 元
http://www.sstlp.com

出版說明

民國時期雖只有短短三十幾年，却在中國歷史上擁有極重要的地位。隨着地理封閉格局的打破，社會制度的轉型，思想束縛的解放，社會的文化和學術也開始了古今中西新舊融合創新的歷史過程，迎來一個百家争勝、异彩紛呈的局面，直接表現便是名家輩出、佳作迭現，且其視野之開闊、學識之淵博、影響之深遠，爲前代所不及，亦爲後人所難達。

有鑒于此，我們從民國時期的經典著作中精選一批，以"民國首版經典叢書"之名將其影印出版。第一輯共收羅了三十四種著作，合三十册，分爲"學術"和"文學"兩部分。其中，"民國首版學術經典"包括梁啓超《清代學術概論》、舒新城編《近代中國留學史》、王孝通《中國商業史》、胡樸安《中國文字學史》、李長傅《中國殖民史》、姚名達《中國目録學史》、吕思勉《歷史研究法》與《中國文字變遷考》（合一册）、胡適《五十年來中國之文學》與劉師培《論文雜記》（合一册）、吕思勉《理學綱要》、吕思勉《白話本國史》、柳亞子等編《蘇曼殊年譜及其他》、顧頡剛編著《妙峰山》等。

這些出自名家之手的著作，或爲開一代風氣的創新之作，如舒新城的《近代中國留學史》，是近代第一部研究留學問題的專著，奠定了留學史研究的根基，也是研究有關中國留學歷史的必讀書目之一；如吕思勉的《白話本國史》，既是他的成名作，也是中國歷史上第一部用白話文寫成的中國通史；或爲總結先賢、啓發後來的集大成之作，如梁啓超的《清代學術概論》，這是一部闡述清代學術思潮源頭及其流變的經典著作，也是梁啓超的代表性作品之一，將清代學術從時代思潮的角度劃分爲四個時期，并對每個時期作了簡要而中肯的評介，精辟分析了各個時期及其代表人物的成就與不足，一經問世即受到讀者歡迎，并成爲一代又一代青年學子的入門必讀書；再如胡適的《五十年來中國之文學》，從古文的末路、古文學的新變、白話小説的發達及缺點、文學革命這幾個方面再現這五十年的文學，在傳承舊學的同時更開新路，爲文學變革鋪墊、利導。

"民國首版文學經典"則包括黎錦暉編《留歐外史（第一集上編）》、朱湘《石門集》、邱東平《火灾》、王實味《休息》與歐陽山等《給予者》（合一册）、徐志摩《徐志摩選集》、邱東平《第七連》、蕭紅《生死場》、張資平《紅霧》、張資平《飛絮》、陳夢家編《新月詩選》、徐志摩《雲游》與《志摩的詩》（合一册）、弘一大師紀念會編《弘一大師永懷録》、葉靈鳳《紅的天使》、朱自清等《我們的六月》、《魯迅傑作選》、郁達夫《迷羊》、胡適《胡適留學日記》、葉靈鳳《未完的懺悔録》等。

文學爲人民群衆喜聞樂見之事，其影響既遠且廣。叢書中所收，不乏當時的"暢銷書"，如蕭紅的《生死場》，甫一出版便轟動當時文壇；如張資平創作的言情小説《紅霧》、《飛絮》等，一版再版，暢銷多年；同時還有不少品種是現今流傳較少，甚至是建國後第一次影印出版的，如弘一大師紀念會所編《弘一大師永懷録》，該書于大師圓寂一周年時出版，當時僅印發一千册；如黎錦暉編《留歐外史（第一輯上編）》，一九二八年首版發行，建國後一直没有再版，已很難找到。

綜上，"民國首版經典叢書"内容包羅萬象，涵蓋詩歌、小説、散文、紀實文學、史學研究、理學、文學研究等方方面面，所選皆出自名家、大家之手，或爲各學科奠基之作，或爲集大成之經典，或爲震動當時、影響深遠的傳誦之作，其中不乏流傳很少、極難覓尋的孤本，我們苦心孤詣，找尋到這些經典著作的初版本，原版影印，精裝制作，以饗讀者。

編　者

二零一四年二月

火災

文學者叢書一

平 著

出版社刊

火災

東平作

上海
潮鋒出版社印行
1937

火災

六月十月收租的時候，爲着勘對租簿，登記，或者爭論一些別的什麼，許多毛腳毛手的田佃們走到這裏來呼吸一下子，是可以的，不過，可不要讓污穢的腳踏髒了地磚，不要用那硬的手去觸摸那——不管是在牆壁上掛着，抑或在檯面上放置着的一切；而最要緊的是，不要忘記了這是一間雅靜的「小書齋」（註一），是專爲着接待客人們用的！

這地方有些潮溼，屢次粉抹過的白牆壁上，正浮現了許多黑灰色的斑點，——但看一看那紅色而潔淨的地磚吧！單這潔淨，就不是這村子中別人家的屋子裏所有的了，……就是那牆壁，也不怕它已經舊了些，老主人愛惜着它，寶貴着它，非有正當的用場，如懸掛四聯鏡框和掛畫之類，是不會把鐵釘子隨便釘上的，錯釘了一根鐵釘子——把它拔掉而遺留下來的小洞孔，是半個也沒有。後壁上，有一幅油光面的洋畫，不管好壞，但在羅岡村一帶的地方，就少有了！這洋畫，繪的是濱海地方慣常所能望見的——錯落地排列着藍的山，黑的石的近海的海面，恰好又是一條小河的出口，沿岸荒蕪地長着比人還要高的長蔓，海和這長蔓接近，就變成了池沼一樣的寂靜而且馴服，天上散佈着白邊的雲捲，太陽晶亮地照着每一個角落——就在這個正午時分的穸穆無聲的場面裏，有三個外洋的獵者，打着不同的勇猛可愛的裝束，用了最精警最確當的姿勢，在陽光下閃耀着發火的槍尖，也不顧那小小的艇兒快要顛覆，正拚命地和六條巨大可怖的鱷魚作着驚天動地的戰鬥。這畫框上的玻璃大概每隔好幾天總要由那老頭子經手揩抹一次，很明亮，裏面的畫紙也要極力地保存得像新近一兩天方才張掛起來的一樣。洋畫的兩邊是一付宣紙的對聯，用了勻稱地顫動着的手腕，在每個字的「落」或「拖」處拚命地使用氣力，那是冀圖着要在這上面表現出執筆者的厚重的俸祿和壽數那一類的吧，文雅一點的客人們一到這裏，必然地要捨棄了別的一切，把所有的注意力都集中在對於這些字的書法的探究上，發揮了各人的宏論，以至說明了自己是有着怎樣淸高的志趣以及比別人不同的胸懷等等：靠着後牆，是一張硃紅色并且有着金黃色的浮花紋的長檯子，因爲鄉中春秋祭祀的儀仗是由那耆年碩德的老頭子主持，所有儀仗中的用物都由他一家保管，老頭子從那些用物中取出了一套，當爲貴重的擺設物一樣，擺設在那長檯子的上面，這就是錫製的所謂「貢器」。兩邊各擺列着四張硃紅色的四方木椅．靠左，有一張新式牀鋪，是從香港裙帶路買回來的，油着黃色很怪異——總之在鄉下，這些都是不常看見的東西，……平時到這里來的客人，在鄰里鄉黨中，大概都是有了地位的，他們之中，一些來自別處的——比其他的客人更有意義的人物也有，并且，在梅冶鎭里送信的郵差，也是常到這邊來的呢！

說到那郵差，那眞是有趣得很，……郵差送來的信，那封面大概總是這樣寫着，「海隆梅冷鎮東都約羅岡村福祿軒交陳浩然家父安啟，」接信的常常就是那位六十歲光景的老頭子，——他很康健，頭髮白得潔淨，像銀絲一樣；面孔圓胖，似乎剛才是喝過了酒，滿面的紅光，也沒有帶拐杖，——穿着白葛的長袍子，耳邊冲出了一隻黃褐色的狗，又高大又強壯，面部到兇得很，不過當守門的就是兇一點也不要緊，也很有些城市的氣概，只是牙縫里呀呀的叫了一陣，不怎麼吠，——這一天，那眞是湊巧極了，福祿軒里正有許多客人在坐着。老頭子應酬那些客人們，正當情意蘢葱，非常融洽的當兒，忽然受了那郵差的粗率的叱問聲所騷擾，滿座都幾乎驚慌起來，像一巢黃蜂似的，嗡嗡的響，老頭子出來了，站在門口，他的背後連二接三，正排列着不少的人頭。

這郵差，穿的是平常人穿的衣服，戴的是平常人戴的帽子，只有腰邊掛着的大皮包寫着黃色的「郵政」二字，他的個子很高，卻幷不駝背，也不怎麼瘦，意外的是面孔很清秀，而且白淨，也許因爲還沒有鬍子的關係。似乎是一個什麼商店裏的買手當郵差并不是他的正業，他就是在這郵差的職務上毫不顧忌地或者用惆慽或者用輕蔑——這樣做了一點開罪別人的事也可以說不關重要，反正他就是丟了這個職務不幹，也有辦法養得活一家的妻子。不過他的聲音雖然很粗率，因而也顯得有點強暴，而他的態度却到也很溫和，而且很樸素他脫下了草帽子，用手巾擦去了裏面的水蒸氣，牙縫裏像螃蟹似的嗤嗤地噴出了小小的白沫，而且發響，彷彿在叫着，——熱呀！熱呀！似的，他掏出了那封預備要投交的信，看一看那低得幾乎要和頭額相碰的「福祿軒」的黃底藍字的匾額，笑了笑把信交在那老頭子的手裏，老頭子接了信了，這剛才叫人冷不防嚇了一跳的奇奇突突的事正有了段落，心里預備着接了這信以後又怎樣的事，暗暗地呼出了輕鬆的一長氣，不想那郵差的面孔突然變了色，像一個不懂信義的小孩子似的，一忽兒就反悔起來。

且慢！且慢！他發出粗率而且強暴的聲音，似乎說明着現在把這信交出去并不是他的本意，那末又怎麼辦呢？原來他是要把那封信討回了來，因爲有什麼東西忘記了看．

沒有問題，老頭子無條件地把信交還給他，他拿了這封信，像着了魔似的，一味兒只管在信封下邊的左角上看，情形非常的嚴重，幾乎是一道命令，迫得他非低首下心地接受了下來不可的樣子．

——國，民，革，命，軍，……他一面目不轉睛地看着，一面鄭重地一個字一個字的唸下去；第×，軍，第×，師，第×，旅……底下還署着「陳國宣」三個墨筆字．

於是穩頓着站立的勢子，傾側着頭，雙眼凝望着遙遠的天邊，帶着仰慕的調子 老頭子發問，

這陳國宣先生大約就是你老人家的公子吧？

這聲音似乎特別來得生疏，很不好懂，老頭子的耳朵覺得很吃力，但是畢竟已經聽了出來，於是情形由嚴重而進入了忙亂，——老頭子拱着雙手，對着那鄭

差又鞠躬又點頭。

——是，……是！……先生！

在極短的時間中保持着嚴肅的靜默．

郵差把信再又交給了老頭子之後，——好了，這嚴重，這忙亂，一切都安適地弛緩下來了．

——哈哈哈………

——哈哈哈………

——哈哈哈……

起初還夾帶着鼻音，後來是開着嘴巴大笑了．這笑聲一下子變成了強烈而且洪大，聲浪澎湃地從郵差那邊湧進了福祿軒的裏面，又從裏面澎湃地湧了出來

如今在座的，一位是隔鄰不遠的將軍山村——在族譜上同一根源的宗兄

弟陳大鵬他跛了一隻脚，殘廢了，作了單身的光棍，本來是一個不入正軌的傢伙，但是有着令人畏懼的特點，他的身子結實，面孔秀麗，額角高高地，一付眼睛是生得尤其銳敏，而態度卻兇惡極了。他的氣量很小，胸懷狹窄得簡直是在起着磨擦的作用，喜歡無的放矢，幾乎時時刻刻把自己陷入了孤軍苦斗的局面，戰死了，試問到底他遇到的敵人有多少，那恐怕是半個也沒有！有時候他似乎自己正也切求着在這嚴重的戰地裏解脫下來，歇息一下子，常常變得和顏悅色，低首下心地向人家表白出自己所暗懷着的意見到底是什麽，但是結果卻把藏在心裏的一點剛銳的氣魄也乾乾淨淨的蕩散了，更引起了一種緊張的幾乎變成了痙攣的忿恨，因之他的身子一天天的斂收下來，到了四十多歲比一個六七歲的小孩子還要矮些，——不過那「無的」的「矢」還要放，孤軍苦斗的局面陷得比前還要深，他也許知道這下子正和緊急的關頭相距不遠，多一聲言笑，多一分晦氣，還不如不聲不響的好些，所以當那屋子裏的人們看到那郵差對這陳姓的家門表示驚異的神情，——爲着要對那有福分的老頭子表示祝賀，正在張大着嘴巴，搖盪着頷子哈哈大笑的當兒，這就要請求大家的原恕了：他一生的確失去了所有的笑的機緣，——不過，這滿屋子的莫名其妙的笑聲還是澎湃地持續下來，爲着不得已要把這不利的場合敷衍一下，他沒有什麼，只是對大家點點頭而已。

隔了一會，笑聲慢慢的靜息下來，又加上了咳嗽，淸嗓子以及吐痰等等的聲音。直到情形確實地恢復了原狀，那郵差也走遠了，老頭子這才請所有的客人們按次就坐，幷且盛意地給他們各都斟了一杯茶。

——是的，萬萬不能遲誤，應該立刻就預備好……

發言的是這裏羅岡村本村的地保陳百川，他說話的搖頭擺腦，妄自尊大的態度，顯然是對陳浩然那老頭子取着抗拒或者爭執的不以爲然的氣勢，不過他已經突然的沈默了，……而另一邊，卻顯得對那老頭子的一舉一動都體貼入微，當了人家的臣僕似的作着忸忸怩怩的怪樣子，低聲地對着坐在他邊旁的一個

說，

——這老人家的眼力實在不壞呀，不用載眼鏡，卻看起信來了！

老頭子當着衆人的面前，把信開開了來，他的紅色的面孔呈着微笑，鼻子裏嗡嗡的作響，還在暗暗地點着頭，——信裏究竟寫的什麼，這個祕密恐怕無論如何都不能加以想象的吧？——忽然他又抬起頭來這樣說，

——喔，不錯，依你們諸位的意見是怎樣的呀？

這又和信裏所寫的幷沒有半點關係，已經是回到剛才大家所談論的那件事的上面去了，——剛才所談論的是在今年的清明節中，|羅岡村陳|姓的這一族，如何預備着到他們的一世祖的墳地去舉行大祭掃的事，——不然就是因爲他的心情興奮得很，以爲別的人們還是在那大祭掃的題目上大發議論，而他的兒子在信上所說的——怎樣叫他自己也不能不深深地歎服的話，對於他們，恐怕還是一無所知的呢！——

他於是把兒子的信再又展開來看了一遍，一字一句的看下去，把大祭掃的事也暫時擱開不管，到了緊要的地方，就不自覺地搖頭擺腦的唸出來。

——兒以年少從軍，荷蒙長官垂愛，於月之二十日，昇任中尉書記之職，……喔，你看他獨自個叫了出來；現在就……又高昇了啦！這時候的聲音還很低，——人生在世，營營而生，草草而死，得而患失，本非所有，失而慮得，於我獨無，故以爲路道之不可不修，而橋樑之不可不造也！這時候，聲音就非常响亮了，他感動得跳了起來，——唉，這孩子，你看，他說的話是這樣好……這樣……這樣和我的心意一無二樣……

這邊的陳大鵬突然從靜默中暗自緊張起來，正想對於這樣的議論有所策應而地保陳百川卻已經搶着說，

——國宣哥我頂知道了，那一次，是什麼日子呀？他和我兩人在仁安居喝酒，那時候他還是一個小孩子，有這麼高，一付眼睛委實生得利害，像猴子一樣，現在

聽說他們的軍隊住在賓隆是嗎?從省城到賓隆,有七日的水路,還要經過上杭,武中;韓江口的水實在是頂急的啦!……

——什麼?韓江口的水?老頭子突然覺得自己的高深優美的思維受了騷擾,不耐煩地皺起了眉頭;喔,你懂得什麼?一件事要是讓你懂得,那就糟了!我幾時看見你的兒子,——哼,不說還好,說起來教我頭痛!——你對他一點教養也沒有!他也不對我點頭,還在背後罵我,說我分給他的錢太少了,那眞是豈有此理!我和他買了一隻鳥——又是他自己問我要鳥不要,我叫他把鳥拿來吧!他說,那是多得很;其實他手裏那裏有什麼鳥,還不曾到樹林裏去捉啦!一到樹林裏去,不曉得搗壞了多少鳥巢,并且把鳥蛋也帶回來,問我要不要買他的鳥蛋,混帳,難道我是一個無賴漢,動輒就吃這吃那的嗎!那末我分給他六個銅板,買了那隻鳥,立刻放了牠,我一手就不知放過了多少隻了,而他從此以後卻更加殘暴起來,把前後左右的鳥種都滅盡了,現在還有一隻斑鳩,會在屋頂上咯咕咯咕的啼着的嗎?我就再也聽不見！還有士金的兒子阿庚唉，這孩子簡直壞透了！你道怎麽樣，—有一天我看他捉了一隻烏龜，故意要帶到我的面前來啦！——叫我看，我說，這烏龜的壽命長得很，何苦把牠殺掉，勸他買給我，這樣分給了他一個角子，又把那烏龜放掉，不想第二天還沒有吃早飯，他突然竟一連帶了三隻來了！這樣我分給他六個角子，每隻提高了一倍的價錢，又勸他學學好心，要是我手頭有地母經，我還要送一本地母經給他，教他唸唸，不想剛剛到了這天的中午，他帶來了五隻，——我簡直沒有法子，只好分給他一塊的價錢，心裏實在不好過，我對他說，這銀子要是拿去買衣服穿，這衣服是要自己着起火來的呀！還有阿興的兒子，他比較有點傻氣，什麽都捉不到，卻捉到了一條蛇，——想想看，要把這條蛇殺死，我又不忍，不然又恐怕留了牠害人，這樣分給他六個銅板，叫他把蛇帶到遠遠的地方去，——但是下一次，他又有一條蛇捉來了，那是一條頂毒的飯匙蛇，……

——要是我得到了一條蛇，那就好了！地保有意捉弄似的說；我要把牠剝皮，去骨，用幾粒米合着牠一起燒，如果米變了黑這蛇就眞的有毒了，不然米還是白的呢，那就要快些給牠加了一點「欠實」(註二)上去！

——百川兄，你吃過老鼠沒有？另一個又是坐在他的身邊的這樣說。

——老鼠是比蛇還要好的貨色，不過殺的時候要小心一點，牠的大腿裏面有一粒藍色的胆，如果這胆不摘開，你就最好不要吃牠！

對於那老頭子，這些關於蛇和老鼠的吃法的問答，簡直是刺耳得很，——沒有法子，只好暗暗地斷定這些人，如果他們也希望自己的後代發達的話那就再修十世，恐怕也沒有一個會達到他的兒子國宣那樣的地位！

他把手裏的信摺起來藏好之後對了，凡事不要多嘴，什麼都不必說，因之他只能够切切實實地和他們共同決定了大祭掃的日期，以及應該及早預備的許多零零碎碎的事情而他的兒子在信上所說的話卻還是深深地使他歎服着，——從此以後，他的身體會更加康健精神更會加爽快，那末有什麼可以掛慮的呢

——他應該一心一意的去多做一點好事，而況世事反覆，年情不好正也希望有錢有勢的人們時時發些慈悲，多施一點恩惠！

二月十九日，是決定了的到他們一世祖的墓地舉行大掃祭的日子，羅岡村以及隔鄰將軍山姓陳的一共有七十多戶，各戶看所有的丁口多少，決定參加大祭掃的人數，大約每五人占兩人，不過不怎麽嚴格，多去一兩個人，或者在路上順便把自己的親戚也帶着一同走，是沒有人會來干涉的，而且無論老少男女都可以。這樣的大祭掃，大約每隔十年才有一次，可以說是一個最快樂的大節日，全族的人要特別在這個大節日熱鬧一陣，是不足爲奇的。爲着要使這個大節日在形式上來得堂皇一點，并且利用這堂皇的形式在他們的祖先的墓前表現出這後世子孫所有的榮貴和光耀，梅冷鎮歸丰林的田主爺爺們至少也得請他們一兩位到來參加，還有隔鄰水溜口鄉——陳國讓（正是陳浩然的大兒子）所主持的國民學校的學生，恰好在最近編成了童子軍，童子軍的制服，棍子，麻繩，小斧，營幕以及軍號，軍旗等等都已經購置齊全，一共有一百二十五名左右陳浩然那老頭子當日在籌備這大祭掃的會議上，就曾經對大家提議過，

——如果我們能夠請童子軍也來參加，那是好極了！一路上，童子軍穿着一律的制服，吹着喇叭，掌着大旂，由俺的國讓帶領着，走在我們這一大羣人的前頭，那豈不是要把沿路一帶的居民都驚住了嗎！

他這個提議立刻得了大家的贊同，——水溜口雖然和這裏相距很近，不過因爲那墓地太遠，隊伍不能不早點出發的緣故，童子軍由校長——同時也是童子軍的大隊長——陳國讓帶領着，昨天下午就預先到了這裏，幷且張起營幕來，在村子南面的草埔上宿營，這裏那裏閃爍着他們勇猛可愛的黃色的影子，到處聽見他們的令人快活的喇叭聲，每當他們的隊長走過的時候，兩邊都噫噫噢噢的舉軍禮，——草埔上一處處張掛着的尖尖的營幕，當夕陽西照，金光滿地的當兒，拖着長長的黑影，染着半邊美麗而威武的赭褐色，這是羅岡村從古至今未有

的奇景，眞的要使羅岡村的整個的容貌都變改了呢！

梅冷鎭歸丰林的紳士們，據說因爲有了別的事，都不能來，只有陳國宣的岳父林昆湖先生，平素愛看風水，又喜歡黃沙約一帶的山地的景物，同時因爲和羅岡村的人特別有來往些，沒有什麽拘執，陳浩然那老頭子特地去請他，他也是在昨天下午就到這裏來了。老頭子把許多的事情都交給別人去管，和他的大兒子國讓，四兒子國垂，五兒子國棟，帶着林老師在村子裏較爲寬闊的地方散步，在族人的肅然敬畏的眼光中，以及在童子軍的無限止的敬禮中，東指西劃的高談闊論着，——

第二天一早，東邊只露出了微亮，金黃色的星兒還在碧空裏閃耀着，童子軍的喇叭用着熱烈而可喜的聲音響澈了霧氣籠罩着的曠野，接着，這裏那裏發現了宰猪宰羊的聲音，而所有各家的窗口或門板的縫隙里，都露出了溫暖的燈光，爲着要把全付的精力都應付在這寶貴的節日上面，他們已經很早就從牀舖裏爬起來了.

這其間,碧空里的星兒漸漸的褪了色,東方的天上正也漸漸的呈現出壯麗的赭紅,交談着的人可以清楚地看出對方的面孔,——西邊,小鹿耳山的半腰上橫掛着一幅純凈無疵的白雲,而南面近海一帶的山巒,因爲過于遙遠,看不出它們的輪廓,還隱潛在那幻夢一樣的膿白色的氣體中.但是這四邊的景物都在急速不斷地變化着,——一會兒,在福祿軒和陳浩然的正屋相接的大灰町上,已經湧現出了一大堆的紛亂雜遝的人影,那數不清的人頭,在晨風的涼快的吹拂中,起着活躍的波濤,還夾帶着因爲過于勤敏,用力的緣故而各自扼制得很低很低的聲音.出欄的牛,不像平日一樣,不大去理會了,至多也不過撒一點禾稈子給牠吃,或者用一條「牛鐐子」把牠鉚實在附近的草埔上,要告訴牠說,小主人今日不能在這裏奉陪你了!牠們都乾着喉嚨發出沙嗄的聲音在互相呼喚著,好幾隻狗似乎也懂得了今天的日子的不平常,在人堆裏纏夾不清的追逐着戲玩着,

——到了太陽上山的時候，不但所有的一切都準備妥當，而且早飯也已經用過，那末是可以出發的時候了。

散佈在村子南面的草埔上的童子軍，很早就拆卸了所有張掛着的營幕，遇到吃飯，集合等事都應用起喇叭來，喇叭聲到處的充溢着，——正當七點的時候，隊伍已經從東邊的路口向北出動，童子軍由大隊長帶領着，走在行列的前頭，紅色的軍旗在南風裏飄揚着，所有的金屬物在初升的旭日的迫射中，反射出榮耀而刺目的光芒，悠揚的軍樂聲盪過廣闊的田野，在山谷那邊遙遠地起着回應無數的小孩子們也不顧行列的次序，散佈在兩邊的路旁，以能和童子軍挨挨身子爲榮似的，在童子軍的隊伍中夾雜着走，後面接着來的原是豬，羊，鵝鴨以及所有的祭席，但是那些空手的——也不管事也不抬祭席的人們，已經擁上了祭席的前頭；祭席有三十多抬，後面還有十多擔從外面不能看得清楚的物品，以及臨時應用的器具等等在接連着，又請了兩個「吹班」(註二) 沿路一個打小皮鼓，一個吹笛兒，——押尾的就是那三頂藍布轎子了。坐轎的是林老師和陳浩然還有陳大鵬那壞脾氣的跛子。行列中幷且有許多狗也跟着走。

這行列離開了村子不遠，從一處密佈着低矮的灌木叢，而蔓草則長得比那灌木叢還要高——鎭日里鬧蛇鬧蛙的低凹裏，過了小溪流的石橋子，向東北爬上了那黃色坭土的山坡，于是就和那到梅冷鎭投市去的黃沙約一帶的居民的行列迎頭相衝了。

——兵！兵！……

——學堂裏的學生軍！

——從那里來的呀？

黃沙約的居民們，雖然強悍而且好鬥，不過只差一點見識比別人低，腦子比別人淤塞，每一個的肩上又給沉重的擔子壓着，在猛烈的陽光下，愚蠢地一無所知地皺着眉頭，捲着上下唇，張大着嘴巴，露出了牙齒，不能不呆住了，讓開了路，走出了路的兩邊，像碰見了歸豐林的田主爺爺們騎着的馬一樣，不過不能任意散佈在羅崗村人所有的田圃上，更休說讓脚跟踏進了羅崗村人的麥田裏，因爲，要仔細的看呀！羅岡村人現在出盡了所有的老少男女，和那「學生軍」的行列密密相接，他們穿着新的衣服，撥着扇子，在路上嬉嬉地笑着走。黃沙約的「山民」們當心些吧！平常在這狹窄的路上一碰見了歸豐林的馬，你們對歸豐林的白綴綴的少爺們不能直接洩忿，卻遷怒在路邊的田圃上，不顧那麥的碧綠的嫩芽正在慢慢的滋長着，在上面任意踐踏，習爲慣例，現在可就不行了！羅岡村人有權力干涉你們，要不是馴服地直著擔子在路邊站定着——因爲路是要讓，而田圃是再也不能踐踏的了——那末舉起眼來看吧，那裏不是正有一個黃沙約的山民，醜野地給按在路上敲打了嗎？

童子軍的旗順著南風的勢子招展著，而且潑啦潑啦的響，有時候翹起一個角子，有時候竟至全部捲成一團，但是一忽兒又招展起來了，而且又潑啦潑啦的響起來了，——這旗子，象徵着這些少年人們一個個的天眞活潑的靈魂，他們幾乎要歌唱起來，在這條路上榮耀地目空一切地跳躍着前進，——這條路畢竟是繞着山邊走有時候雖則不免突然的低凹下去，但是有時候却簡直比所有的一切都來得高些，童子軍的行列在這高高的山腰上橫掛着，閃閃爍爍，像一條純金的鍊子，上面還飾着珍貴的玉珥，不要說是沿途一帶的居民，就是從最遠的地方也可以望見了，而那喇叭，它的熱烈而可喜的聲音現在就變了，變成了遠自外地買回來的高價的皮鞭似的，一聲聲，鞭打着四近的田野，鞭打着遠近的山阜，彷彿還嚴厲地威嚇着，再不許從任何處所發出回聲！

大約走了二十多里遠的樣子，行列前進的方向變改了，不是朝著正北，已經朝著西北角岔開了去，沿着那澎湃地奔瀉着的溪流——黃沙溪的岸畔走，在那蔭翳的林子裏，路徑是變成狹小了，幷且蜿蜒地曲折起來，苦竹兒的綠葉揉拂着頭額，脚底下則無憐惜地把那些繁茂地擁沒了路石的含羞草踐踏得忍辱無聲地東翻西倒，——每逢在一個村莊的邊旁經過的時候，起初聽見了一陣狂烈的狗吠，接着是在禿脫了青草——白天裏為牲口所棲息的小樹叢下的黃土堆那邊，露出了好幾個黃的——甚至有比從樹枝上落下來的黃葉子更黃的人面孔，羞澀地忸怩地映着那膿白色的雙眼，再走近一些，就可以看到好幾個患黃疸病，或者瘧疾，或者橡皮脚的整日裏賦閒在家裏的漢子，以及一些金絲頸，大肚皮，兩隻小小的睪丸銅鈴般動盪着，或者露出了小小的女生殖器的孩子們。

童子軍還是第一遭跑長路，他們都覺得有點乏力，幾乎要偃旌，而鼓則早已息了，現在正在深綠的濃陰下停歇下來——大隊長的面孔本來是青白中泛着壯年人的紅色，現在則變成了紫藍，講究起姿勢來，他的胸部盡可以張得和雄鷄一樣的挺，要是可以隨便的放鬆一下子，則簡直要和火油罐的薄薄的白鐵皮一樣，卡啦的一響，雄鷄般挺着的胸部反過去，背脊像打一個括弧似的彎彎地一拱，馬上就要變成一個駝子了。現在他在一個四方石的上面坐着，像一條坭虫在抗拒着敵人的時候一樣，把長長的身體捲成　堆，一味兒只管咳嗽，也沒有心機去呼吸那流盪在溪邊與綠樹之間的最新鮮的空氣。隊員們說話談笑也似乎都不大起勁，只是默默地有的在樹叢里小便，有的臨着溪邊用手帕子洗臉，而那溪水的澎湃奔騰的聲音，似乎又一陣比一陣來得高漲，幾乎要掩沒了這疲乏的行列所有的呼吸和喘息的聲音。

那些原來和童子軍參雜在一起走的小孩子和閒人們，除了小孩子還在接攏着之外，有許多已經落了後，現在正在斷斷續續的趕了上來，抬祭席的和扛轎子的恐怕還離得更遠，因爲小路徑是透迤地在樹林裏流竄着走，一拐了彎就是登上別處的高坡上去瞭望也望不見。這的確因爲童子軍過于不懂得愛惜精力，一開步就乘風破浪，浩浩蕩蕩的走，以致把後面的行列扯得七零八落，若斷若續，而他們自己正也有些不好過，像山澗裏的流水似的，漲得快也退得快。不過他們畢竟是一羣元氣充足精神活潑的小孩子，只要歇息了一會，一切又很快地恢復了常態了他們自動的歸了隊弄得那把身體捲曲着打瞌睡的大隊長也不好意思不跟着站起來，把手裏在路上隨便拾得的綠枝子一揮，省得了叫一聲「開步走，」因爲溪裏的水聲太高，奏起軍樂來也不會有什麼精彩，所以喇叭暫時決定不吹，銅鼓暫時不打，只將兩把軍旗子抗着走就是，但是這在那些從林子裏爬出來的山民們看來，已經是多够味兒的情景呵！

行列現在從一處高高的斜坡上奔馳下來了，童子軍在這遼遠的長途中盡了他們最後的一分勇猛，向着他們的目的地飛奔直進，——這裏東，北，西，三方都有些高低不等的小山阜在環圍着，沿着山麓一帶，打一個半弧形，是一線蘚苔般的黝綠的樹林，間或有一些爛簷口似的赤爛爛的小屋子在參合着，無聲息地像一片荒涼的坟場，小山阜的後面，小鹿耳的巍峨高聳的羣峯在排列着，天上則蔚藍一片，看不見一點微雲，至于南面，雖然有些比較高起的田畝或小樹林在作着阻梗，但是站在這裏，朝南而望，總可以說是居高臨下，連那遠遠的濱海一帶的山巒也可以隱約地望見。——有一條小小的流泉，不曉得發源於什麼處所，從北面玲玲瑯瑯地跳躍着來，在田畝的邊旁通過的時候，特別發散了一陣陰冷的寒氣，把田裏的泥漿凍成了一些冰水，使插植着的禾苗，在脚脛上生起來了紅色的茸毛來，而至於慢慢的枯死，葫蘆草看看得了機會，在田徑上抖擻着精神，毫不客氣地，把壯健的橫根伸展到田裏去，而且普遍地佈滿了，到處的挺起了利劍般的尖葉子，猶如戰勝軍在所獲的土地上強橫地插起來的旗幟，——那小小的流泉到了這裏就再也不明白它的去向，看來也確實有些險毒，從遠遠的地方特地跑到這裏來，把所有的禾田肆意地殘害了之後，就隱潛了自己的行踪，不再令人知道了。而這些禾苗的主人們爲什麼不到這裏來爲他們的被難者伸雪一聲？恐怕正也成了自顧不暇的「白蝦」（註三）——聽說這裏山野一帶的瘴氣非常利害，忽而全家數口子都死得干干淨淨，外面的人誰會去過問，也不是只有天知道！和這些被殘害了的禾苗相連接，有一幅稍爲高起的草原，長着又高又繁茂的紅脚草，草皮裏滿撒着泥濘未乾的蚯蚓的泥捲，——有一架從久遠的年代遺留下來，重修了又重修的白坟子，在這草原的南邊的一端，像小孩子捉迷藏似的不聲不響的躲着，這就是他們陳姓的祖宗的長眠地了。

陳浩然那老頭子從轎子裏爬出來了。前面的轎伕把轎篙子放下來，後面的那個却拚命地把轎篙子頂得很高使轎身向前面傾斜着，似乎是把那老頭子倒了出來的一樣。接着是林昆湖老師，再後就是陳大鵬那跛子了。老頭子剛剛跨出了轎篙子，正想要找一個人來詢問一聲什麼，却突然碰見了地保陳百川，於是什麼也不想詢問了，只叫陳百川到他所坐的轎子裏把羅經盤拿出來，——陳百川，老頭子，林老師，陳大鵬跛子，以及駝着背，再也不能把胸部挺起來的大隊長，當然老頭子和林老師則常常居在正中，幾個人莫名其妙地互相簇擁着，到前後左右去勘察去了。許久之後，才聚集在那白坟子背脊的正中上面，——老頭子安一安羅經盤，匆促地還沒有把指南針弄對子午，就忽然發現了大不了的什麼似的，隨

便從人堆裏指出一個人來，對他命令着說，

——你把那邊的鋤子帶來吧！

這邊的林老師看看老頭子不十分管得了那羅經盤的樣子，把羅經盤接過了來，對準着一看，嘴裏唸着「癸山丁兼子午」大隊長因爲覺得有點無聊，只好拔了一條紅脚草在手裏玩弄着，陳大鵬精警地映着那簿簿的敏慧的眼皮，看看林老師手裏的羅經盤，又看看大隊長手裏的紅脚草，視線於是停在大隊長的半靑紫的臉上，作着曖昧不明——然而絕對善意的微笑，彷彿趁着神不知鬼不覺的當兒，自己的身上多吃了一點虧也好，只要肯讓他從那嚴重的戰陣裏解脫下來，那末什麼都可以無條件答應的一樣。而陳百川則因爲土地爺那邊的紅脚草，不知怎樣，忽然着了火，自己脫離出去到土地爺那邊去救火去了。又因爲草原上每一個角落裏都站滿了人，老頭子，林老師，陳大鵬，陳百川，大隊長陳國讓等等這幾位頂要緊的人物，究竟有常常互相簇擁着或者站在一起沒有，那簡直也就無從判別了。

這樣沈鬱地混沌了好一會之後，這才慢慢的從中找出了一點端倪，紛亂雜遝的人們似乎現在就已經找定了一個適當的立足地點，再也不像剛才的亂碰亂撞，三十餘檯的祭席擺上了祭台的前面，祭祀就開始了。

陳浩然做主祭，他的第二兒子國垂誦讀祭文，林老師則在旁唱禮。

——起——鼓——

——冬冬冬冬……小皮鼓輕佻地打了好幾下。

——動——樂——

——嗻嘟吖嗻嘟吖……又吹了好幾聲瀟洒的笛兒。

——華——引——

——硼！——硼！——把兒暴的火砲也燃起來了。

在這嚴肅的空氣中，許多人被強迫着死板板地在聽，死板板地在做，連那林—

老師唱禮的聲音也死板板地，彷彿不是從一個人的嘴裏發出的一樣

在祭席的兩旁緊緊地擁擠着的人們，突然地起了一種騷動，嚴肅靜默的空氣裏，這邊那邊，迸出了一些急激簡短，并且因爲恐怕擾亂秩序的緣故而扼制得很低很低的聲音。但是亂子的根源似乎并不在這裏，總之，這裏所起的變化是迅急得很，那急激簡短的聲音一下子靜下來了，卻并不是說亂子已經終止，因爲接着而起的是一種繁雜的簡直無從臆測的更可慮的聲音，這聲音并且在這邊那邊的蔓延起來，像一條詭譎的蛇，在最難窺破的地底裏不停地流竄着。

——今天實在熱鬧得很，恐怕已經有兩千人左右了。

——你做夢！我們就是把羅岡村和將軍山兩村的人合在一起也有多少！

——爲什麼看起來這樣多，……我就有點不相信，這裏，那邊，呵，這一幅草埔都裝滿了兩里內的小山上也站滿了人，……怎麼樣——那邊的童子軍在喊，…

——不得了，不得了！童子軍和那裏的一堆人作起戰來了！

——快些，到那邊去看一看呀！

——去看一看……

祭台那邊的嚴肅的空氣，經過了這些無從扼制的聲浪一次兩次的侵蝕，至少褪了色，恐怕還要緊緊的收縮起來，最終是給那高漲的聲浪來了一個總的否定，好幾位紳士們正如螞蟻受了水的包圍，現在連最後所據守的這一點乾地也終於落陷了，那嘈雜的高漲得可怕的聲浪把他們冲激起來，要使他們也不能自主地隨着那高高的浪頭到處漂浮，……

——這是什麼亂子呀？老頭子匆匆地把祭祀的節目結束下來，急得皺起了眉頭。

——我看一看去！地保陳百川自告奮勇。

他於是擺動着雙手，在那厚厚的人堆裏打開了一條路，他的耳朵又精警，雙眼又晶明，還不曾衝出重圍，就已經把一切的情況清楚地加以判定——

原來是，俗語說，天變地變！不知那一處所，發生了飢饉的災荒，現在是漫山遍野地爬出了這麼多的兇狠狠的災民，他們半點也不知羞恥，搖着貪饞的銳眼，張開着嘴巴，滴着涎沫，還帶着布袋籮篙之類，胆敢向着這神聖莊嚴的祭禮冀圖掠奪，實行包圍，……

——你們把這些土匪們都捉來吧！把這些土匪們！

地保陳百川用脚跟沈重地踹着坭土，張着面孔，在那裏狂暴地直跳起來。

——捉呀！把這些土匪們都捉來吧！土匪們！

——把這些土匪們！土匪們！

——捉呀！……

像在麥田裏起了一陣颶風似的，密密地擠着的人頭各都爲一種愚蠢的直覺所指使，發瘋了似的亂碰亂撞，又毫無自主地東歪西倒起來，幾乎自相踐踏了。

——把這些土匪們……

——土匪們……

——……

人堆裏的聲浪更加洶湧起來了現在人和人的緊貼着的衝突已經弛緩了一些，腿子臂膊，這些交織着的，軋轢着的，都已經鬆解了，等到每人平均所占已經有兩尺以上的空地的時候，他們的眼睛可以察看，腦子可以運用，耳朵也聽敏了好一些，於是形成了大體上已經一致的動向，朝着山阜上的災民這邊衝了過來，——災民們似乎幷不怎麽反抗，願意俯首就擒，除了女人和孩子們悲慘地失聲地在號哭，表示了他們的恐慌之外，其餘一些較爲堅定的漢子們，對於這個襲擊就表示了坦然的態度，因爲他們有許許多多的事情要向別的人們訴說，即使這訴說是完全無效的吧，——他們所要的不過是吃剩下來的東西，當然這已經是卑賤到極點了，然而他們要活呵！而所要求於人者只不過一點點！

他們輭弱地，廢弛地忍受這洶湧的波濤的來襲，有一個瘦小，赤色的臂膊晶亮地在太陽光裏刺目地起着反射的漢子，給四個人用鉢子般大的拳頭亂揍着，同時有一個小孩子給毆打得額角青腫；鼻子出血，還有一個瘦骨落肉的高個子在六七個人的圍攻之下好像一口布袋給人扯着在那裏裝麥子似的幻夢地喘息着，——爲這些情形所激動的一些漢子，他們強健起來了，胆壯起來了，有三個漢子合在一起，把一個羅岡村人圍攻下來，他們青着臉孔，露着牙齒，用力的臂膊索索地在抖動着，——另外，一個女人，發出尖銳的聲音，披散着頭髮，把背脊扼制得低低地，正和一個羅岡村人作着堅強不屈的苦鬥，……但羅岡村人像一個浪頭逐過一個浪頭似的加上來了，他們熱烈地鼓噪着，一個個滲進了災民的隊伍裏，他們居高臨下，彷彿在執行着一種懲罰似的，理直氣壯地在打擊着任何一個災民，災民們有一半倒下了，給踐踏在脚底下，許多破爛的衣物，籮子和竹筐，給拋到半空裏去，女人緊緊地抱着自己的孩子在那滿鋪着三角石的山地上亂滾，孩子的大大的頭繫在那小小的頸上，恰如大大的瓜繫在小小的藤上似的，在女人的身邊倒掛着動盪着，——這邊那邊，童子軍用着木棍子，早就給捲進了這戰鬥的漩渦裏，而跟着來的狗們，論起戰鬥力來，還要比童子軍來得強些，……

陳浩然那老頭子不知什麼時候離開了祭台那邊，給人堆裏的漩渦兒捲到水田邊來，他哭喪着臉，揮着手，力竭聲嘶地在叫着，

——媽……孖……

——致……和……

媽孖和致和是他的兩個轎伕的名字，他叫他們趕快把轎子弄好，立刻就回轉到羅崗村去——

——我們今天是大大的失策了，你知道嗎？

老頭子有意聳人聽聞似的說。

——今天有什麼呀？地保陳百川回答。

老頭子沈默了好一會，對小鹿耳的高深莫測的大山脈環顧了一下，——這

大山脈向來是山賊的巢穴是誰都知道的……

老頭子簡直嚇青了臉，戰抖着嗓子說，

——我們必須立刻就走呵！——

——我們不在老祖的墳前吃席嗎？

——混帳！你始終不說，這大祭禮必得在我們羅岡村的祠堂裏舉行才對！才穩當！我要把今天的席延遲到晚上才開，你將怎麼辦？

這時候，林老師和陳大鵬都已經恍悟過來了，大家暗自地點着頭

——對的呀！……

老頭子的轎子最先回到村子裏來了，他匆匆地跨出了轎篙子，把許多迎接他的家人們都置之不理，開口第一聲就問，

——後面的人都已經到齊了嗎？

許多人都莫名其妙，只是低聲地互相問着，

——怎麽一回事呀？

老頭子也不恐慌，也不惶亂，只是在院子裏前後左右急促地往復不停的亂踱着，彷彿剛才還非常忿怒，現在就發洩了一口氣似的說，

——老虎！饞狗！（註五）

家裏的人覺得很奇怪，可是誰都不敢向他尋問，——自從老太太死後，在全家的兒媳們之間，老頭子有時候簡直就成爲一個不可知的謎！

兩個轎伕在大灰町那邊埋頭埋腦，專心致力地在拆卸轎子上的藍布以及各種的零件，都變了形，不說也不笑。大概是在路上跑乏了。

許多人走到東邊的路口去等，看看所有到山上去的人們都斷斷續續的回來了，像打了敗戰似的，每一個都帶着尋端肇釁的暴躁的面孔，童子軍則遠遠地落在後頭，——他們直到最後還接受了地保陳百川的指揮，竭盡了所有的力量，利用了身上帶着的洋蘇繩，把那些「土匪」綑縛了二十一個，當爲從戰場裏獲

得的俘虜一樣勝利地帶回村子裏來，——其餘的則把他們趕得七零八落，分散到別地去了。

村子東邊的大榕樹下，現在從山上回來的人們在那裏大開筵席，沒有什麼勁了，因為受了那些「土匪」的騷擾，不能在山上吃個痛快，大家都有點興致索然，——帶回來的三十多名「俘虜」則把他們連結起來，縛牢在榕樹的橫根上。筵席吃完之後，一則肚子飽了，二則已經有了餘暇，這些「土匪」現在要怎樣處理呢？那最好——有人這樣提議了——還是把他們審判一下吧！……老頭子和大兒子國讓，二兒子國垂，并列地坐在臨時擺設下來的櫈子上，儼然是一個法庭的樣子。林老師對於這件事也覺得很珍重，他坐在另一邊做「陪審」，地保陳戶川，不言而喻，他只好拿着木棍子在等待着什麼時候須要動手——他執着「刑具」。陳大鵬大約已經回他們將軍山去了，此刻沒有在場。童子軍則有的在看守着受審判的「俘虜」們，有的散佈在外圍的地方擔任站崗，維持秩序。

——你的姓名老頭子作着檢察官的樣子問話了

以後每逢「檢察官」發出了一句簡單的問話，地保陳百川就立即把這簡單的問話製成了雷電冰雹，向那囚徒的頭子猛擊下來，

——你叫什麼姓名？你假？——你還不直說嗎？媽的，要老子饒你得等烏龜叫呀！說！從實的說，你這強盜！

——沒有呀！……這是一個比誰都生疎的——從未見過的赤身的瘦子，他的手只是隨便縛着，沒有反剪，他皺着面孔說；我是好人，懇求 老爺慈心，饒了我，還有我的小孩子和女人，都是求乞的，我姓黃，叫做黃娘字

——什麼地方人？

——稟告太老爺，我們到這裏很遠，是五華。

——爲什麼要走的呢？

——我們村子裏什麼也沒有了，不能住。

——那末你一定偷了人家的東西了！——你們家裏有牛沒有？

——以前養了兩隻山牛，一隻賣了，一隻過橋的時候跌落橋下，跌死了去。

——你的家裏常常有客人來嗎？你到小河邊捉魚沒有？我看你很像一個捉魚的，記得在——什麼地方呀？——在小河邊看過你，你認得我嗎？

——稟告太老爺，我看見你還是第一次。

——你肚子很餓嗎？

——兩天沒有吃東西了！

——那末你站在一邊吧！……喂，那一個，——到這邊來吧！你叫什麼名字？什麼地方人？

現在是一個給打落了鼻子的漢子，面孔太黑，看不出年歲，滿身的泥土，顯得似乎很胖的樣子。童子軍很小心，而且洋繩子也充足，他們把這個人的頸子兩手以及腿子都牢牢的綑實了，洋繩子陷入了肉內，有些地方已經出了血，幾致不能把身子移動.

——我叫梁潭水，家在清遠.

——你把女人都帶出來嗎?

——稟告太老爺，沒有，我的女人在去年死了——但是留下了一個孩子.

——很好，我正想詳細問一問他，——那一個孩子是你的?

——現在沒有了，孩子在半路上死了，干淨了!

說着，他惡聲地作了一陣狂笑.

——那一邊的喂，不錯，是你，到這邊來吧!

現在是一個抱着孩子的女人，她衣服破爛，幾致分不出布的顏色，頭髮則蓬鬆地散披在面龐上和肩背上，因爲是女人，童子軍似乎對她有所憐憫，所以只縛了一隻手.

——聽說你搶我們的東西，——人家在祭墓，但是你搶——

——我不怕你怎麽說！我已經預備好了！我要跟……跟你拚命！是你們自己當土匪，你們搶了我的兒子，我的兒子讓你們用脚踩，踩得他腸頭打嘴裏出，踩得他骨頭變輭，踩得他死……

老頭子今天太辛苦了，又碰到了這麽多的事，這個「審判」自始至終就不會叫他提起興味，他簡直非常的鬆懈，對於這個女人突然發出的野蠻而強暴的態度，直到這一煞那爲止——還不曾有過半點的準備。

——就是你抱在手里的一個？——怎麽不把他拋掉，死了還有用場，混蛋，你對我說假話啦！你抱來給我看看！

女人用力地揮動了頭髮，把散亂不堪的頭髮都撥到後頸上，使她的兇惡的面龐完全顯露，并且把背脊扼制得低低地，一付泛着黄色光燄的眼睛像攫取食物的鷹似的對那老頭子的面孔迫射着，於是朝着老頭子的身邊沒命地直衝上去，——

——交給你！我們子母仔（註六）二人都交給你！——我要你們賠！你這殺千刀！雷劈你們子子孫孫九十九代！我要你們賠呀！……

嚇得那老頭子面孔發藍，捨棄了那木櫈子想走，幾乎要摔了一交。

但是這邊陳國垂突然站起了那壯大可怕的身軀，把高高的前胸迫臨在女人的面前，顫抖着嘴唇，作着怒吼，

——你想到這裏來報仇嗎，——你這瘋婆！

女人正想退下來，并且在心裏預備着退下來之後又怎麼樣……但是陳國垂已經把全身的筋肉都綳得很緊，他看準着那女人的顳顬骨，猛力地一拳，女人雙手一鬆，丟下了孩子的紫黑色的小屍體，隨卽樸的一聲跌倒下去，在地上翻動了一下，露出了蛇一樣臘黃色的肚皮，——

這一切都變動得非常利害，——陳浩然那老頭子給許多人前護後擁的送回福祿軒去了，那些強蠻的匪徒們——當心啊！——則還是交由那一百多名的

童子軍在看守着

趁着林老師在旁——一切的情形林老師也并不是不知道——老頭子對地保陳百川責罵着說，

——今天的事又是你錯了！你怎麼把這些災民也綑縛了來？教我如何審判他們？如果是給我的兒子國宜做縣長，碰到了這樣的案子的話，就一定非從嚴究辦不可的啦！

空氣突然轉變得非常嚴重，陳國垂知道自己出了禍事，不曉得躲進那裏去，地保陳百川是一個燒香敲斷佛手的傢伙，簡直不中用；除了林老師之外，處在這危難當頭的當兒，只有大兒子國讓在旁，——國讓的身體太不行，精神缺乏，腦子不能用，一用就痛，對於這樣的事，簡直不知所措，自始至終就不曾發過一言一語，而況他今天往復一共跑了五十多里的路程，疲累得要命，如果這裏有人爲他放置了一口棺木，那他簡直樂得一倒身睡在那棺木的裏面，說一聲「我倒願意這樣[illegible]的死了去！」

那末現在唯有聽林老師的高見了．但是林老師沈着臉，他似乎覺得很爲難，他皺着眉頭說

——要仔細考慮考慮，這是一條嚴重的人命案，辦起來，那是非同小可，況且，——這許多人到底爲什麼要把他們抓來？既然抓來了，到底能不能判定他們一個個有罪——譬如犯了搶刼一類的案子？但是我以爲這些都不可能，——

——爲什麼會弄成如此呢？……唉，我的確糊塗了，是的，這是決不可能的！老頭子大大的懊悔着．

——你對他們說話的態度就輭弱得很，簡直幷沒有當他們是犯法的來看，現在關鍵就在這裏，你是不是有辦法弄出各種的證據，把他們送到梅冷區公所，甚至縣城也好，幷且要從頭到尾一隻脚「踏實」他們，他們一動，就把他們一手打進酆都地獄去——有這樣的辦法沒有呢？

——唉，這是怎麼樣？……而且，憑良心說吧，……

——所以事情就在這裏弄糟了！他們也不是土匪，也不是什麼，是一些平常的災民，——不過他們之中，如果有一個稍爲識得些時務，突然起來說話的話，那末會變成什麼局面呢？——依我看來，他們是從五華，淸遠等處流落到這邊來的，俗語說，「三月乞丐十日流氓」「足過三都天上偷桃」他們的見識會比我們來得減嗎？你既然不能指證他們有罪，那末現在就由他們來指證你了——你無故打死他們的人！

這最末的一句把老頭子嚇得突跳起來，他突然發暈了似的說

——該死！眞是該死！唉，國宣呵，如果今日有你在，我什麼都可以放手，你一定不像我這樣的糊塗！你怎麼又不回來看我一下？你去得太遠了呀！……

原來林老師所說的話是故意嚇他的，當然這裏是有着不便吐露的冀圖，但是他覺得剛才把這老傢伙迫得太緊，——突然給他一提起了國宣的名字，想起

了別的關係，如果不對那老頭子稍爲放鬆一下，事實也似乎有所不容許；他於是轉變了計策用和緩了一些的態度說，

——老人家，你放心，辦法是有的，總不成我林秀才做了你家的姻親，會看着你落井而不之顧嗎？

——既然有辦法，你就得救我才好，自然這個恩德我就是死了也不會忘記，我要重重的答謝你！

林老師對於這樣的話幷沒有表示客氣，只是冷冷地笑了笑，隨就喃喃地獨自斟酌的說，

——這個辦法……你讓我再想一想看呀！——喂，百川哥！

——我在——有什麼事？

——你立刻到榕樹脚那邊去吧——吩咐董子軍注意，不要讓那些人走脫一個，幷且說等一等就有人來說話了，——你立卽去吧！

把地保打發走了之後，隨卽用嘴巴附着那老頭子的耳朵低聲地說，

——如果他們之中有一個給走脫了去，那末這個人一定是控告去的了！

他於是告訴了老頭子許多的計劃，——老頭子解了圍，沒有什麼話說，一味兒只是把頭兒點着，點着，……

——再好也莫過於這樣辦了，林老師又說；至於其他的呢，那不要緊，我的人手很多，現在梅冷公安局，區公所，善後委員會，還有汕尾鹽務分局那一處沒有我的耳目在，——有什麼可以担心的囉！千斤担都由我一人担上好了！

林老師告訴他的本來是一種計謀，但是他并不看它是計謀．他要把這件事當爲自己本來就决意這樣做一樣的做去，這里沒有什麼必須隱藏的祕密，無論對什麼人都可以坦然地表明，——因爲，他的確不能不對這一次應付災民的事表示極大的遺憾，不過他已經有了補救的法子了，那一種的人天定叫他去做那一種的事，這的確和一個人生成的性格有關；聽人家說，應該怎樣做，就怎樣做，這

叫做明理而行，有什麼稀罕呢！必須說，因爲自己知道非這樣做不可，只要自己覺得只有這樣做是對的，那末就是和別的道理有點距離，也沒有什麼關係！

老頭子因爲這裏的人手太缺少，而自己則實在也太乏力，——那末還是請林老師多跑一趟——由林老師去代達比較好吧……不過總不要忘記說，他原來就是一位遠近聞名的慈善家，他幷不是存着什麼惡意要來對付那些災民——

林老師到榕樹脚這邊來了，他完全用了另一個人的態度，很和氣地對那些災民們說，

——……他原來就是一位遠近聞名的慈善家，——不過今日因爲到他們祖宗的坟地去祭掃，又值你們在旁經過，有人忽然說你們是土匪，其實山上的土匪固然有，但也幷不是你們，所以，這就是一種誤會！——現在什麼都非常明白了，你們是可憐的災民，而他呢，既然剛才是這麼說了，你們也就得相信！當然他是一

位有錢有勢的人物，梅冷鎮，汕尾港，以及縣城所有的衙門機關，都和他很有來往，他的最小的兒子國宣——這是個了不起的人物，說他的官級，恐怕於你們就不好懂，是在潮州，上抗，饒平過去——還要再遠些吧，的賓隆地方的軍隊里當一個中尉書記，參謀是武，書記是文，那是再好沒有的位置了！至於我本人呢，你們一聽就明白，我是國宣的岳父，是梅冷歸豐林林族的秀才，官名是林昆湖，這裏的人都稱我是林老師……說到他們的家財，本來沒有什麼足以對大家誇耀，不過他和別處的財主有點不同，他能夠把錢用來造橋，修路，救濟窮人，這一點就是他的好心腸，也就是他的令人敬重的地方——現在他決意拿出一筆款子，在他的本鄉，就是這裏羅岡村，設立一個災民收容所，此刻已經打發工人去買材料，限定三日內就要把這災民收容所搭架起來，以後你們也有地方住，也有飯吃，可以很安樂的過日子，不過在這三日之內，你們男女大小，凡是會做的都得幫着做工，并且還要計給你們一點工錢呢，你們大家都歡喜了嗎？

說完了，命令軍子軍把他們身上細縛着的繩子都解脫下來

他們我看你，你看我的，互相交頭接語起來了，

——他怎麼說的呢？

——他哄騙我們了！

——恐怕這世界還有些好心腸的人呀！

——不，這是鬼話！我們的人讓他們打死了，大家覺得怎麼樣——甘願嗎？

——眞的，甘願嗎？……你們想想看呀！——我們差點就要受他的騙了！

——是的，大人們，你們打死了我們的人又怎麼辦呢？

於是大家咆哮起來了，羅崗村人也正在準備着這場決鬥，誰都握着拳，捲着袖口。

——靜點！靜點！林老師對於這樣的情形却還沒有表示絕望，他極力地把他們壓服着；你們相信着我吧——你們還有什麼不願意的地方嗎？那末儘管向我

是問！喂，你們聽我的話！這個女人是　會死的，她不過因爲肚子太餓，一跌卜去就暈倒了，我已經叫人到梅冷去請醫生去了，等一等——喔，你們相信吧！也許能夠把她救活起來的，……至于那個孩子，我還要再加調查，是不是羅岡村人踏死的呢——而且我看他還有些活氣，只要醫生一來，就知道了，……

大概他們都有點不相信吧，——不過不相信又怎樣呢？到底什麼人還想出了更好的法子沒有？爲什麼每一個都變得默默地？……看呵，那位好人已經叫人把剛才吃剩的飯菜都攤擺出來了！不吃嗎？肚子正餓得很呀！……

——喂，孩子，你也得自己動手才好了！我管不了，我餓得很！——一個漢子一面吞着攫奪過來的飯團一面說。

——媽的，你們要搶嗎？在我手裏的也搶去了

——我拳頭比你大啦！我等着你！一個特別壯大的漢子把一個裝荳腐干的竹籃子霸占去了

——我肏你九十九代的老祖宗！什麼人已經動起手來了，并且有什麼人已經給摔跌下來。

——呵呀！……有人哭喚起來了，不知是孩子還是女人。

但是一下子又靜默下來了。獠牙掀唇的大吞大嚼着，飯粒和肉屑從闊大的嘴邊丟下了，飯籮裏的瓷碗在叫囂，在互碰，在崩缺，裝菜湯的盆為一隻黑色的手擺奪——在空中屁股向天的倒掛着，鼻尖，兩頰都黏着透明的粉絲，薄薄而藍色的菠葉子在上下唇緊貼着，膿白而富有油膩的肉湯淋濕了破爛的前襟，粗而堅硬的鬍子頂着細微的或者尖的三角的碎骨，……靜默下來了，真的靜默下來了，榕樹的黃葉子嘢的一聲脫開了樹枝，嘢的一聲跌落在石板上，也可以清楚地聽得見。

趁着這些人在幻夢中掙扎着的當兒，另一邊卻悄悄地展開了急促而緊張的場面：有四個體壯力強的漢子同時動手，用了做賊般的最快捷的手法，彷彿天地已經暈黑了——這晶亮的太陽光并不足以使他們看得見似的突着雙眼，把那「子母仔」兩架屍首抬到側邊的干草堆那邊去了，這四個人的影子在干草堆的背面那邊消失了很久之後，這才重又出現了來，各都笑笑地拍着雙手——手裏似乎剛才正弄上了許多塵土一般當他們在進行着這件事的時候，這集中在榕樹脚下的數百人向着災民那邊砌起又高又厚的牆堵來，阻止災民們的銳利的視線的橫襲，——過了一會，有人向災民們宣佈現在請他們都搬進村子裏去，在福祿軒南邊相連接的一幅因爲距離村子太近，不勝鷄狗的踐踏之故而荒廢了的旱園子裏，用公家往常在做紅白事的時候應用的東西臨時蓋起布棚子來，叫他們在那裏暫歇一下，——童子軍和羅崗村人（還有少數的將軍山人）的數百羣衆在他們的背後簇擁着，擠得很密。而那些災民，對于那榕樹脚似乎并沒有表現他們的依戀；他們的肚子就是不全飽，也有七八成，眼睛看到和耳朵聽到的都是這麽的一種紛亂的，短暫的，甚至完全沒有讓人思索的餘地的情景，除了莫名其妙地當必須唾罵的時候唾罵過了之後，找不到可以爭論的題目，那末他們現在對于那連痕跡都不容易看到的「子母仔」兩架屍首是什麼感觸也沒有了嗎？是這樣的嗎？一兩架的死屍擺在面前算不了怎麼一回事嗎？從死屍的上面去發動起復仇的激烈的事來——這件事不能夠嗎？他們到底是倉忙地在這死亡線上奔逐着來了！已經失去了思索的餘裕！……

老頭子躺在福祿軒的牀鋪上，在等待這嚴重的日子——從太陽開始向西傾斜慢慢地到黃昏，從黃昏慢慢地到天黑，——這其間，林老師幾乎把所有的時間都應付在這些事情的處理上，他打發童子軍回去了，又命令地保陳百川派定許多人輪流地把布棚裏的災民們看守着監視他們的動靜，同時還要嚴密地注意外間的「空氣」聽聽村子裏以及這裏附近各鄉的人們，對于今日所發生的事情究竟作了怎樣的談論，如果有什麼人在這事情形的上面畫蛇添足地加以虛構，毀謗，或者造謠，那無論如何，一點也不要放鬆，一點也不能把它看作等閒，必須採取有效的法子去對付他們，制止他們當他回到福祿軒來的時候他告訴那老頭子，現在什麼事情都弄妥當了。

——不過，他還說；我可不能在這裏停得太久，俗語說，「好事不出門，惡事傳千里，」今天的事，知道的人很多，這些人，要把他們的嘴一個個都縫着，叫他們不要胡亂說出去，實在很難，那末，梅冷這條路要不是由我去「踏實」它，要叫誰去呢？你我是姻親，是多年的深交，又是門庭相接的近鄰，如果你的家裏發生了盜刼，而我是袖手旁觀的話，我可以當天設誓：這簡直就不是人！——一切什麼，不言而喻，——我想，比方要盡了兩三天的工夫去探訪朋友的話，「車馬費」不要算，單是請朋友到仁安居去坐一兩個鐘頭，點個六味七味的和菜，開一枝巴蘭地，如果每一次只消十元的樣子，那簡直就沒有法子可以嫌它太貴了，因爲在官場裏，正經請起客來，只消化了十元的樣子就足够，那是從來就不曾有！……我呢是恐怕你身上沒有便，不過有什麼關係呢？你暫時可以先交給我五十元，——

那老頭子的腦子一樣的紛亂，他簡直找不出一句可以回答的話，從牀鋪上一扳起身子，一隻手就摸着腰邊帶着的鑰匙。他走近長檯的抽屜那邊，一枝鑰匙插進鎖子的四方孔里去，要把它開，農民拿鍬子掘石丁兒還沒有這麼辛苦似的，幾乎把所有的氣力都用盡了，嘴里像吃下了辛辣的東西似的嗤嗤地倒吸着涎沫，氣管里則巴啦巴啦地呼着氣，……這邊的林老師緊緊的追蹤着他，他又想不出一點理由叫這個不要面子的傢伙在櫈子上坐一坐也好，那末他可以托辭走出這屋子的外面，不要回頭來看他了，只顧遠遠的逃——而林老師，他的神經對于這一切的感應正也靈敏得很，他看出那吝嗇鬼作着不大不方的忸忸怩怩的怪樣子的確動起了怒火，心里十分負氣地這樣想，「如果我是伍子胥，我就決不會用鞭子來鞭你這楚平王王八蛋的死屍！」他于是「霍——霍——」惡聲地咳嗽了一陣，一隻手拿了自己的洋布傘就這樣匆匆地走到門口那邊去了，但是有一大串袁世凱頭的大洋作着淸甜悅耳的聲音在背後響着，同時又聽見那老

頭子在叫，

——喔，——林老師你怎麼就走呀？

林老師順着勢子回轉頭來，面孔的表情一點破綻也沒有，而心里則實在是這樣想，「如果你不拿給我，我也并不因而就忿怒起來；如果你拿給我了，我也并不因而就覺得歡喜！」他于是作着毫未經過變動的聲音冷冷地說，

——蚯蚓！——蚯蚓！……

* * * *

從昨晚到今天，也已經平安無事地過去了，——當着晨光迷濛，太陽還未上山的時候，老頭子，他興奮得很，很早就從牀鋪上爬起來，他獨自個走到旱園子的布棚那邊，一面走一面作着手勢叫那黃褐色的壯大的狗不要跟着來，似乎說

——你看呀，我這樣輕輕的走遠恐怕要發出聲來，如果你跟着來了，那我眞要顧慮，你會不會驚動了他們？

那畜牲把粽子臉稍為橫側着像一個無從教起的傻氣的小孩子似的，笑嘻嘻地，一條溼落落的舌頭在嘴邊懸掛着，牠並不曾應答他說，

那末我就回轉去吧！

所以老頭子走了一步，牠也就走近了些，還是在他的背後跟着，沒有法子，老頭子只得和靄地微笑着，似乎轉變了語氣說，

來吧！到這邊來吧！……可是你要靜靜的聽呀！

這其間，他們不覺已經走近了那布棚的木柱下，因為自己過于恬靜了，反為那不恬靜的聲音所驚動，——在這兩丈見方的旱園子里，那三十一個（除了「子猪仔」死去的兩個，只剩二十九個了）睡得爛熟，正如一大鍋煮得爛熟了的猪糟，當水快要干了的當兒，那上面就穿起了萬千的孔來，靠着一點黏液，在那萬千的孔里呼呼地作着總的沸騰，這聲音是笨拙而又沈重，地殼也幾乎跟着要震盪起來了．他一面給一隻手掩住了那狗的嘴，叫牠不要聲張，一面仔細地在察看

里面的情景，——一個女人，袒着黃色的胸脯，伸出了那黑色而堅硬的乳頭，小孩子則躺在她的腋下，那小小的發滿着爛瘡的面龐上的表情是熱，鬱悶，痛苦，似乎在毒罵着自己說，「你這個可詛咒的面孔呵，我要把你一手撕得粉碎了！」更仔細一看這小小的面龐卻變得很美，那薄薄的嘴唇起着新鮮而不曾消失過的銳利的邊，并且已經微微地笑起來了，幻夢的笑，不可思議的笑，在這個笑的同時中，突然又變了，——這里有着歡樂與悲哀的調和，而悲哀正又急激地到臨了極端的一面……就是那小孩子隔開的一個漢子，他的鼻子給打破了，也沒有包紮，染着血的地方都變了黑，不，這黑色正是他的皮膚的最外層，更仔細的一看，這黑色的里面還有白，那是破爛的瘡口，空氣里的各種下等的菌類在侵蝕着它，正如火的烈燄在侵蝕着木炭的邊緣，等一等就要發腐了，還要一些些一些些的潰爛，——老頭子大約還認識着他，昨天他作了莫名其妙的囚徒，第二個受老頭子的審問；記得地保陳百川那傢伙，還在他的脊樑上使過了不少下的木棍……在那些橫七倒八的人堆里，這邊有一個漢子突然把老頭子的眼睛吸引住了，這個漢子在睡夢中讓破爛的褲襠擁開，不知羞恥地露出了身體的下部，但是老頭子十分地把他原恕，因爲他的面孔生得很純良，很柔順，老頭子甚至斷定了這個人的品格，在平素中看來，一定要比什麼人都來得純淨的吧……他于是想起了天下雨的時候，他們在外面是怎樣的呢？如果到了冬天他們在外面又是怎樣的呢？這樣的凡是替他們打算的都想到了，只是想起了昨天那榕樹脚下的兩架死尸的時候，他的結論就是，

——這難道是足以使我的心里感覺着不安的嗎，如果我以後多多的做起好事來，好作這個罪愆的補贖，又怎樣的呢？……

這之間，那黃褐色的壯大的狗突然越過了界綫，跳進那人堆里去，在很小的空隙中尋得了落脚地，卻已經靜悄悄地偸着步子走進去了，牠把那小孩子的小手銜在嘴里，拖一拖它，又把它丟下——這邊的老頭子急得幾乎跳了起來，忽然

之間，他覺得有一道迅急的紅光在眼前一閃，回頭一望，那低矮的東邊的山阜上，已經昇起了一個赤爛爛的火球，發射着威猛的烈燄，把那布棚下的黑灰色的場面照得通紅，剛才趁着黑灰色在那人堆里戲玩的狗，在這烈燄的迫射之下，正像讓人家在脊樑上冷不防落了一棍似的，差一點要艾的叫了出來，只好把背脊扼制得低低地，緊挾着尾巴，往外邊跑——但是牠剛剛一開步，就嚇了一跳，有一個漢子帶着一張紅色而破爛的兇惡可怕的面孔直坐起來了，這面孔在那旭日的紅光的迫射之下，似乎立即起了一種嚴重的痛楚，他忍煞不住，把這面孔一皺，露出了一付焦黑色的怪異的牙齒，并且幾乎要發出暴烈的聲音吼叫起來，……老頭子剛才寧靜優美的思維在這急激的變動中給碰得粉碎，他彷彿覺得：他是不知所以地欠了這些暴徒們的債，如果不早些躲好起來，馬上就要在他們的無情的催迫中東撞西碰，沒處逃遁！……

災民收容所現在就搭架起來了，地點是在那阜園子南邊隔開的又一幅阜園子上，材料是杉木杆，篾片子，以及用蕉葉編成的篷，杉木柱企着，架着，用篾片子縛着，再又把蕉葉篷蓋在上面，做屋頂，做牆，——除了好幾根杉木柱是從梅冷買回來的之外，其餘蕉葉篷和篾片子可以在本村的各戶分派出來。這收容所建起來約莫有三丈多長，兩丈多闊，一丈多高，因爲過于急就，——而且要預備給那些災民住的根本就無需怎樣搭架得一點也不講究，只是向北開了一個小小的門，也沒有在旁挖流水溝，也沒有在牆壁上開窗子，看來像一個表演魔術的所在，要看的只好買票子從正門進去，不然你休想從什麼地方找到一個可以偷偷地窺望一點的縫隙，那幃幕里所扮演的一切，于你還是個不可解的謎！

那二十九個住在這收容所的里面，——慈善家救濟他們的辦法，除了這杉木柱和蕉葉篷搭蓋起來的空屋子之外，每天還給他們吃兩頓的稀飯，其他就再也沒有什麼別的花樣。

有八已經在作着這樣的議論了，

這些人鎮日讓他們坐守在屋子里，實在太無謂了，而且他們自己不走不動，也難以過日子，這樣爲什麽不找一點工給他們做呢？或者分配到本村各戶去幫助種田，或者叫他們自己上山砍柴，不然，村子里的池塘依舊很淺，叫他們挖深一點不好嗎？每逢春天一到，還可以多養幾條鰱魚！

但是老頭子這樣回答說，

——誰個要你這麽說的呢？我活到今年六十多歲，吃的鹽比你們吃的米還要多，難道這一點還不能看出的嗎？

另一邊，他碰到了地保陳百川的時候，就對他說，

——現在就有人這麽說了——我覺得這個意思倒也很對，依你看又怎樣的呢？

陳百川一點主張也沒有。

末後他記起了林老師教他要把那些災民們嚴密地監視的話，就回答說，

——林老師的話恐怕你也是聽過的吧，他說是不能隨便讓他們出去的

他一面說，一面在心里猜想了一下，

——哼，這老傢伙好像還不以爲然的樣子呢！

于是接着說，

我呢，對於林老師的話也幷不是怎樣贊同的

——哦？——

第二天，林老師自己一個人到村子里來了。

他一踏進福祿軒的門口，剛剛把傘子放下，還沒有坐好，老頭子看了他很歡喜，劈頭就對他說，

——唉，我眞不行，自從你走後，我什麼事都不能辦！——現在就有人這麼說了，我覺得這個意見倒很對，依你看又怎樣的呢？

林老師喘息未定，心里想，

——現在就幷不是這樣回答的啦！

他忽然看見地保陳百川也在旁，就隨口發問，

——百川哥又怎樣對你說呢？他依照我的話做了沒有？

——你叫他自己說吧

陳百川啞了，那粗笨的面孔漲得通紅。

這使林老師氣得突跳起來，

——混帳！混帳！

一連的叫着又黃又瘦的油光臉在起着顫動。

等到平靜下來的時候，他變得懇切地低着聲音說，

——許多的事情你們那裏懂！梅冷鎮今日有多少人在談論我們羅岡村的事，你們知道嗎？——百川哥，現在才知道我的話，是眞的可以縫入錦囊里去的！我叫你們怎樣做，你們能夠依照着做了，就不會錯半點！如果你聽了別人的話，叫他

們種田，做工，那名目也就變了，「這是開農場呵！」不然就是「工廠」……放屁！這是發財，叫做「慈善！」

地保陳百川瞠着雙眼

老頭子則顯得很焦急的樣子說，

——那末你怎麼說呢？我原本就沒有什麼成見！

——現在最要緊的是：第一，要嚴密地止制他們之中有人到梅冷去控告；第二，——叻，百川哥，你恐怕就不會注意到這一點，這村子里以及附近各鄉的人們，對於這件事情究竟作了怎樣的談論沒有？——要使這村子里以及附近各鄉的人們，不要在這事情的上面畫蛇添足，或者造謠，毀謗。如果你們能夠切實做到這兩點，那末，第三，——這不成問題，我林昆湖可以給你們担保！難道我半點力量也沒有？難道梅冷這條路我不能一腳就踏實了它！梅冷鎮今日就有不少的人在談論我們羅岡村的事了，他們說，羅岡村，出了一個慈善家……

總之梅冷的情形是好極了，一點別的枝節也沒有他這樣安慰了老頭子，叫他放心，而他自己事情又很忙碌，此刻又要回梅冷去了

——混帳！他一踏出了福祿軒的門口，就暗暗地罵着；你們羅岡村的謀士比我強多了！——這眞是可笑的事，我林昆湖要蹲在你們的喉朧里拉屎啦！依我看，這個收容所正是猪欄，在猪欄里養着的豬總不會沒有用場，——他獨自的笑了笑，忽然心血來朝，順口哼出了這麼的一首短歌

人家養驢子

驢子不怕多；

只要由我管，

驢子的白骨變銀子，

驢子的黑皮變綾羅！

林老師確實也焦急的很，他想了許多時光，還沒有把事情弄妥，——最初，他

走到縫衣店那邊去接洽了好些縫衣匠縫衣匠是決不會對他忠實的；這里的縫衣匠是一樣的很瘦很狡猾，那利害的眼睛幾乎都變成了一把尺子，你看他們靜默地專心一意地在裁衣服而心里所想的也是裁衣服那事麼？那恐怕就難以相信，——林昆湖踏進了店子的門口，戲謔地大喝一聲，

——生意好呀！

他們夥計有三個人，看不出那一個是老板。一個站在一張滿凝着漿糊的長枱邊，把一塊藍花布子——明知不是自己的錢所買來的一樣胡亂的剪，兩個則伏着身子，各都守着自己的縫衣機，永無休止地把縫衣機撥得拉拉的響，如果按照他們的樣子製成一種玩具，好像他們這樣的老是依附着縫衣機過日子的情形，這玩具就非把他們當作縫衣機的附屬品來製造不可。

那站着拿剪子的一個，冷冷地問，

——還是要剪褂子，還是要剪什麼？

林昆湖順着拂大喝一聲的勢子叫着，

——混帳！我自己就要開一間大大的縫衣廠了，還要到你們這邊來裁衣服嗎？

拿剪子的聽了覺得很氣，他預備着把剪子放下來回答他一句什麼——這剪子還在手里不及放下，林昆湖突然又拖去了他身邊的一張櫈子。

——你這王八！

拿剪子的暗暗地罵了一聲，心里想着對于這一類的傢伙就用不着什麼客氣，——

——要當心我的脚尖呀！

不想林昆湖這下子，不知怎樣，竟然

——哈哈哈……

的大笑起來了。

那縫衣匠看看這個人拿着藍布雨傘，穿着舊的黃葛袍子，又是黃色發亮的油光臉，雖然有些紳士的模樣，卻斷定他必然地是發了狂

這其間，林昆湖讓屁股在那櫈子上貼了一下，突然又站立起來到縫衣機那邊去攷察了一[illegible]，但是[illegible]又說，

——這還用說嗎——[illegible]這縫衣機從廣州買囘來的價目，誰不知道，每架至少也總得在八九十元以上

那縫衣機是大的肚子，細的[illegible]一塊長方形的銅板上刻着好幾行橫的英文字，這英文字十分精巧地[illegible]下閃爍着，可是一點也不得要領，——終于他省悟到[illegible]一何必多此一舉」似的廢然地走出來了，——原來他正在考慮着，

——如果利用那收容所組織一個縫衣廠又怎樣呢?

他對於這個計劃根本就沒有半點的認識和準備，——因為他過于衝動而

且躁急，跟一個縫衣匠打交道的態度和發言似乎都沒有把握得準，而這些縫衣匠，是那樣的又瘦又狡猾，一和他們打起交道來，保不定他們不曾陰險地想出了一點有害的詭計來阻礙他，……總之他沒有心機來計及這些——他第一必須在那老頭子的面前獻出一個新的計劃，比方要組織一個縫衣廠——或者別的什麼也好，從資本的來源着想，這縫衣廠的計劃就不能不預先地通過了他，但是他不願意這縫衣廠的權柄給操縱在那老頭子的手里，眼巴巴看着這一羣驢子讓別人牽走了，如果是那樣，就不如一隻一隻的零星地偷殺了牠……

他把藍布雨傘捲成一枝，當作斯特克，曲着背脊，一拐一拐的背着那縫衣店的門口走，後面的狡猾的縫衣匠正指劃着他的背脊在取笑着，但是他如果裝作聽不見的時候，就無需乎扳起面孔來對他們作什麼回罵了。這當兒，他覺得腦子里受了一種神秘的魔幛的包圍，他的前後左右似乎都發生了一種奇怪的音響，定神一看，原來這里是一所小小的電心製造場，他猛然地記起了裏面當司理的

正是他舊時的朋友，心裏想，

——我幷不是有意把縫衣廠的計劃改成電心製造場，但是也不妨走進這裏面去看看他……

這位朋友叫做「喀家松」，沒有什麼可以攷據的了，鬼才曉得他爲什麼要讓人叫起這個名字。以前他在舊金山的過洋船裏當水手，在香港永樂街結識了一個電器行的朋友。他對所有的人們說，不知什麼緣故，他一聞到那電士的肥田料一樣的辛辣味的時候，就覺得爽快，如果還是把他再又關進那過洋船的艙裏去，那末他停不到半個鐘頭，就難免要眼黑頭暈，不過這些都不要管吧——他熱烈地和林昆湖握手，又叫「後生」斟上了一杯熱茶。他穿着從舊金山帶了回來的配着寬緊帶的綠色褲子，身體是又胖又倭，突着肚皮，兩手兩脚的動作都顯得非常蠢，看來正和今日學堂裏流行的書本上繪着的又會說話又會穿衣服的田鷄大伯伯差不多。他不怎麼說話，只是把兩個肩峯聳了聳像一個經不起人家的戲玩的小孩子似的只管嘻嘻的笑着，而且笑得很久很久。他于是興致勃勃的把林昆湖帶到每一個角落裏去參觀了一下子，對那黑色的坭土指點着，嘴裏又解釋着一些別的什麼，——那黑坭土的氣味委實辛辣得很，教林昆湖在這裏就是五分鐘也停不住脚，因爲他再也兀禁不住，鼻管裏幾乎要爆裂的樣子，一味兒只管打着——喝嗤……喝嗤！……喝嗤！……

他從那黑灰色的工場裏被迫了出來，幾乎還是非向外邊撤退不可，等到定下神來正想跟那「金山客」打一打交道的時候，那本有的雄厚的氣勢卻幾乎要消失得干干淨淨，——他不能不屈服下來讓那「金山客」在他的面前居高臨下，把他的暗藏在心裏的計劃打得粉碎！

他只是吞吞吐吐的對那「金山客」這樣查問了一下說，

——這個製造場，……在最初起手的時候，是用過了多少資本的呢？

不想那「金山客」——你不要看他只是嘻嘻地笑着，就覺得沒有什麼，正因爲他有着這個笑，所以他比那縫衣匠還要奸狡不，如果站在他自己的立場說，他實在也太神經過敏了，人家說只有瘦小的傢伙才神經過敏的話，有點不盡然吧？——他一面嘻嘻地笑着，一面回答說，

——老兄，未必你也想弄一弄這「幹無實」（註七）的勾當嗎？香港永樂街電器行的朋友　　唔，他們不久會來信給我的，大概他們也覺得這生意很難做，——我呢，五年來已經打算把這個地點搬一搬，大概要搬到陽江方面去，陽江這地方聽說還不壞，每年到長洲的海面來的漁船可就不少，但是搬到陽江那邊又怎樣呢？那是……總之是非常困難的呀！……

「縫衣廠」和「電土製造場」的計劃既然給打得粉碎，也就無所用于它們，

他確實地沒有什麼心機來計及這些，……他第一必須在那老頭子的面前獻出了一個新的計劃，——從資本的來源着想，這計劃如果不預先地通過了他，行嗎？但是他不願意讓這裏的權柄給操縱在那老頭子的手上，眼巴巴看着這一

羣驢子讓別的人牽走了，如果是那樣就不如一隻一隻的零星地偷殺了牠……

過了好些時光，梅冷鎮的街道上忽然發現了這麼的一種特異的廣告，這廣告用「聯紅紙」作八開面來寫，——「聯紅紙」已經舊了，有些地方簡直褪了彩紅，變成了黃淡淡的破紙，有的上面看來很新，下面看來很舊，這卻是用一些殘留下來的紙尾所接合起來的了……「聯紅紙」是一種在過新年的時候寫門聯用的紙，看到這種紙，就要聯想到每年年底的半個月中，梅冷鎮的一些從晚清遺留下來的窮秀才們怎樣的對着那「聯紅紙」揮毫的氣勢，——背脊高高的拱着，手裏提着大筆，一張嘴則收縮得變成了很尖很尖，像一枝吹火管子，——不曉得究竟爲什麼要這樣大筆一揮到這裏，那「火管子」就跟着向這邊呼呼的吹；一揮到那裏，那「火管子」就跟着向那邊呼呼的吹？那只有他自己才知道了，……至于那廣告是怎樣寫的呢？是用正楷寫的，筆劃倒很流利，文字是——

特種人工供應所廣告

啓者 敝所 現養成特種人材多名以備各界僱用各界諸君舉凡遇有人力不敷或感受其他苦惱者請移玉來 敝所 接洽當別有佳境而獲意想不到之功也

特種人工供應所主人靜菴啓

地點梅冶歸丰三條巷第二巷巷內十一號

貼這廣告的不曉得是誰，大概他的足跡是從東到西，最初出現的地點似乎是在一間理髮店的門口，——這理髮店還不能算是鎮上最壯麗的建築物，而門口的那一條圓柱形的傢伙，是一樣的用紅白藍相間的顏色在塗抹着，這裏的街道雖然很髒，而且很破爛，但是誰都知道，世界上的理髮匠一遇到髒的或者破爛的東西，總是有一種頑強而驚人的意志力立刻把它整刷得簇新的，比方這店子的前牆，因為地勢太虛，已經低低地陷落了一半下去，但是那牆的外層的石灰卻幷不跟着它一起陷落，這外層的石灰現在是挺起了胸脯，正決定着朝別的方向走了，當然這（牆和牆的外層的石灰）彼此之間就不免要發生了相當的離異，要是你把耳朵緊貼在那高高地挺着的胸脯去傾聽一下，那末你可以明白，裏面正像一個頂嘮叨的女人的肚皮裏所暗懷着的祕密，沙拉沙拉地，彷彿有許多的虫在穿蝕着似的，發出了灰末在那空的肚皮裏從上面飛落到底下去的聲音，這聲音響得越激烈，那肚皮似乎就更加挺了起來，當然這內中正發生了難以忍煞的痛楚，甚至要使那肚皮陷進了無可挽救的碎裂，——但是這理髮店裏的理髮匠是不計一切的把它刷新起來了，在上面抹了一重厚厚的石灰水，幷且擺出了一種紅啖啖的不可迫視的氣態，用八個四方字寫着，

禁止標貼

如違究治

這八個字在那貼廣告的人看來，大概正和街道上所有畏懼着給分派了一張廣告紙在手上，因而把廣告紙恨得刺骨的人們的面孔一樣，但是這面孔是軟弱的，一遇到追迫就要屈服，而那八個字是比那軟弱的面孔還要軟弱，他已經把廣告紙貼上去了，一連打了它好幾個耳光之後，就是轉回頭來對它作一作鬼臉也沒有什麼關係，——不過那廣告在這裏貼着的時光終歸是短暫得很，理髮匠一走出來就把它撕去了，連上面寫些什麼也來不及看，就把它搓成一團，拋進那牆角邊的垃圾堆裏去。

第二張廣告的出現，是在一間倒閉了的食物店的門板上，——這食物店大概自從倒閉到現在還不久，但是因爲以前開着的時候，裏面的廚子太不講究潔淨，弄得滿店子是那樣的又潮溼又油膩，一經倒閉下來，很快地就發了腐，壁上的石灰變成了黃色而牆脚則茁發了許多赭褐色的難看的菌類，這地點因爲比別的店子稍爲往後凹陷着，有點兒陰陰暗暗，很不醒眼，街上的行人一到了緩急的時候，在那里小便的已經不少，——凡是在街頭巷尾可以小便的地方，當你站在那里覺得通身發癢的當兒，舉目一看，對面總有些廣告在貼着，什麽五淋白濁，下疳魚口之類，所以廣告幷不是凡屬空白的牆壁都可以貼，貼廣告似乎也有某一固定的地方；自從這店子的門口變成了小便處之後，那門板上貼着的廣告正也不少，可見貼廣告的地方，和小便處就幷不是絕然無關，——不過，那一特種人工供應所」什麽什麽的廣告，貼在這里就似乎不大適合，……總之，這廣告貼上之後，是始終也沒有被人注意過，而這廣告的令人注意，也幷不是在第三張出現的時候，那恐怕還要在最末的一張出現以後；——

那里是一個擺設冷食攤的所在，在相距不遠的榕樹脚那邊，是從黃沙約到汕尾去的大路，在梅冷的街道通過時的出口．平時，駐在關爺廟里的兵，用竹竿子張着鉛線，在那里晒衣服，這一天恰好是市日，從各鄉來的村民們在那里糶麥子，許多小孩子趁着麥子從麻袋子過斗，又從斗過麻袋子，而有許多麥子已經落到地上去的時候，他們就一隻手拿着小揷箕，一隻手拿着掃子，在地上混着坭砂掃麥子。一些猪販子們，用着最浪費的唇舌，逗引了許多人在作買賣，吱吱喳喳地也混進這里來了，——并且，就是再多一些人到這里來揷足也不要緊吧；這里擺設着的攤子是：猪頭皮，鹵肉，烏賊，芋頭，杏仁茶，還有油蔴糊荳腐花……就在賣荳腐花的攤子這邊，許多最初學得了袋子里的銅板應該如何使用的小夥子們，一下子兩碗三碗，走了，——一下子兩碗三碗，走了，……有一個戴白水松帽的老頭子，最早就坐在一張有着腰靠的櫈子上，也不吃荳腐花也不什麼，皺着眉頭獨自個墜進了一種莫名其妙的愁苦中，或定定神看一看那壯健的小夥子們吃荳腐花——吃完了，把銅板丟下，走，而那荳腐花的老板，他把這些吃過了的碗在木桶里洗濯了一下就好了，一隻手于是巧妙地拿着兩口碗，手一顫動，兩口碗像千萬隻

蟬兒聚集在一起似的發出很大的聲音這時候他的面孔是轉到別的方面去，似乎在躲避着人們的注意，又好像在暗示着說

——狗子們，你們只管看着我的面孔幹什麼，你們要聽一聽我手里建連建連地叫着的盌聲才對呀！……

可是那愁苦着的戴白水松帽的老頭子是已經什麼也不看，什麼也不聽這是一個有趣的傢伙，他無端的在身上帶了許多的故事一碰到什麼人的時候，就講講完了，還是把這些故事收拾起來，又帶着走。但是這里聽他講故事的人是一個也找不到，——如果有一個適當的「聽講者」讓他找到就好了，那末他的故事是這樣說，

我（老頭子自稱）在香港九龍城長安街開一間雜貨店子的錢，老早就預備好了，這間雜貨店子，老早就開不過人手少怎麼行，有一個工人卻還未曾僱到，我想香港那邊的人大都戴帽子，（註八）怎麼靠得住，還是回到鄉下來僱的好，因此

我碰到我的表親六肚掌的時候，就對他說

——你的兒子長大了沒有呀？我正要僱用一個工人！

六肚掌心里大概這樣想，

——這個確實很好，我一定叫他立卽就去！

但是他把這個意思瞞了，不肯說出來，——不然，爲什麽後來會發生變故的呢？

嘴里卻這樣囘答我說，

——我的兒子是不想做工的呀！

這樣也就算了。我碰到了阿紫——又是我的一個表親，我一樣的對他說，

——你的兒子長大了沒有呀？我正要僱用一個工人！

阿紫的心里大概這樣想，

——這個確實很好，我怎好錯過了這個機會，不讓他去的呀！

呢？

但是他把這個意思瞞了，不肯說出來，——不然，爲什麼後來會發生變故的嘴里卻這樣回答我說，

——他肯跟隨你去做工嗎？他比什麼人的兒子都神氣得多！這樣也就算了，我有錢總不怕僱不到工人。

不想第二天，六肚掌，阿紫——這兩位表親的兒子都走到我的家里來。六肚掌的兒子叫做阿廣，阿紫的兒子叫做阿芸

阿廣說，

——表伯，我的爸爸叫我跟你到九龍去做工去。

阿芸說，

——我的爸爸說的也一樣。

——這怎麼行！我說；那末兩個我都不要了，我沒有對你們的爸爸說過要請

兩個工人！

他們還是乖乖的走出去，不想一踏出門口就互相嘈了起來。

——他原本是叫我去的，因爲你來，給你弄壞了！

——不，他原本是叫我去的，因爲你來，是給你弄壞了！

這樣兩不相讓，打得皮破血流。

六肚掌和阿紫知道了，那末把他們兩個罵開去就好，也不罵；或者叫他們互相認錯了就好，也不叫，——你看怎麼樣，這簡直是反叛了！他們兩個竟然合着到區公所去控告我，說我一個女子做了兩頭媒！——寃枉！害得我受了區公所的罰，出了二十隻花邊的罰金，並且叫我把阿廣阿芸兩個都僱用。

沒有法子，只好把他們兩個都帶到香港去了，——他們的身上那里有半個銅板，你看要命不要命，完全由我墊出了他們兩個的船費！

到了香港就要好好地做工才好了，不想叫他們做工，他們用手去摸一下也不肯，說要回去了——唔，難道我還想去挽留他們？就是和他們多出了一回船費，也得送他們走了，——從此以後，我再也不敢僱用工人，可是人手少，雜貨店就開不成，我的女人因爲勞力過度病死了，剩下了一個兒子，因爲事務太多，顧不了身體，也弄得混身病痛！我自己呢，還不到五十歲，因爲煩心的事不斷的來，頭髮變白了！……

我想，——香港那邊的人六月戴帽子，怎麼靠得住，還是囘到鄉下來僱的好，——囘來了，又碰到我的兩個表親，他們質問我，

——爲什麼你僱我的兒子去做工，一下子又辭退了？

我心煩得很，我理不了他們，——天呀，我的店子就要倒閉了！如果我這一次囘來還是僱不到一個工人！

這老頭子正在感覺着非常失望的當兒，忽然像在茫然無依的海洋里發見了山峙似的，把眼睛睜大了，——那「特種人工供應所」的廣告，哈哈，豈不是很

湊巧嗎？正在他對面的一條木柱上鮮明地張貼着

他按照着廣告上所寫的地點去找，找着了——原來如此：所謂「特種人工供應所」的主人「靜菴」先生，其實就是那碰過了兩次壁的林昆湖。

這是一個灰色而無光彩的屋子，靠左有一座屋子是高大而且堂皇得很，這屋子就是依着那高屋子的牆建築起來——簡直是寄生起來的一樣。入了門口，是一條狹窄而黑灰色的巷，靠左有一個門子，門子一開，顯出了一個黑洞口，里面只有一處泛出了一微點光，一入這黑洞口，因爲過于躁急地向着那泛出微光的地方摸索，眼睛變了態，就連這門子是木頭做的還是石打的也瞧不見，人的眼睛在對于一種事物的觀察中所起的功能，有時候也并不單靠着太陽和火的光亮，如果這里是黑暗，那不能說你的眼睛失了作用，因爲你的眼睛已經看見了，而所看見的正就是這黑暗。不過情景也并是這樣嚴重，林昆湖把靠着巷口的窗子開開了來，擴大那微光，雖然其中那里是鏡子，那里是木架，還不曾十分清楚地顯現出來，但是現在他們主客談起來，還可以相互地看出那黃色而憂鬱的臉，——不過林昆湖一聽見那客人說明了來意，那黃色而憂鬱的臉就立即起了突變，他竟然喜出望外的握着客人的手，彷彿運命老早就註定着「今天非和你碰頭不可」的一樣，他說，

——我已經等你等得很久了！

這無非是爲着要把主客之間的生疎的界線粉飾得一見如故，使兩方的情感迅急地融合起來，——林昆湖于是接着問，

——你是不是要僱用一個「抓立」（註九）的呢？不是！是不是要僱用一個看守輪船里的「火櫃」（註十）的呢？是不是要僱用一個「翻譯」，或者在銀行里「的叻達啦」打字的書記呢？那更不是了！這樣，就有點……總之是頗費思量的啦！可是不要緊，你盡管放心，我們這里，上自一個高級將官所用的法國留學生，下至一個平常的少爺所用的婢女，眞是人才濟濟，應有盡有，而樵夫俗子，才所謂狗肉

不登大雅之堂，爲吾儕所不足貴，——你老先生，依我看，不是一個公司的掌櫃，就是一個大報館的司理，不是嗎——你看我猜的對不對呀？

這就是林昆湖所碰的第三重壁所以會碰到這第三重壁者，是因爲他已經眞的發了狂，把這個來客過于理想化了，——怎樣是理想化呢？那就是說：如果一隻驢子會變成了一個銀行里的書記，而一個什貨店的老板會變成了一個公司的掌櫃的時候，那表現于這個高度的買賣中的價錢是怎樣地令人眼睇的呢！

這使那老頭子聽得頭暈耳濛，以爲入了一個大大的騙局，而這里所受的損失，將不減于兩個人從汕尾到香港往返的船費．他爲着急于圖謀解救，竟然用了一個毫無分寸的粗鄙的方法，把所有的事情弄得去頭截尾，一拉而斷，

——喔，我怎麼會走進這里來的呢？我一定找錯了地點，對的呀，那地點從這里走去恐怕還很遠——冒昧冒昧，我實在糊塗得很！……對不起，再會，先生……

林老師所有的計劃都沒有弄得成，不言而喻，那收容所里的「驢子」還是

「驢子，」沒有法子叫牠們「變，」而「黃金」和「綾羅，」終于還是不曾落到自己的手里來。

這其間，那收容所里的二十九個，他們所過的日子正也有點奇特，自從給關進了這個收容所之後，一天兩頓的稀飯……這稀飯是老頭子出錢叫人家燒的，因爲收容所里面沒有設備爐灶，又恐怕失火，——燒稀飯的人爲着要多揩一點油，盡量把米減少，有時候簡直沒有米粒，只有清淡淡的水，上面浮着好幾塊山薯，飽不了肚子，——快到夏天的時候了，太陽的烈燄在那薄薄的蔗葉蓬上直晒着，這麼的一個「蓬子廠」（註十二）地方又窄人又多，——熱，鬱悶，衰頹乏力，飢餓，——而且渴呵，這里是一點水也沒有！他們做了俘虜了，起先是給綑縛着來的，現在又受了囚禁，休說逃走，就是把頭稍爲伸出門口去望一望也失了自由……有許多以前在小鹿耳山麓的墓地那邊給趕散了的災民們，爲着找尋他們的親人，曾經走到羅岡村來探問，地保陳百川指揮着兇猛的羅岡村人，一個一個的把他們

抓下了，請他們也進收容所里去，

——狗子，我們救濟你呵！他們嚷着說；進了收容所，你們就可以不用在外面流落了！

「篷廠子」依然是那麽大，人是一天天的多了來，擠得幾乎大家只有站立着，連坐臥的地方也沒有，計算起來，已經增加到四十六個的人數。地保陳百川，他帶領着二十多名的壯漢，拿着木棍，梭標，無日無夜地在這里輪流看守，他們小心地，嚴密地，無微不至地盡着看守的責任，不惜費了所有的精力和聰明……

——這些土匪，馴良的時候是羊，一反起來，就要變得比饞狗還要兇些，我們要特別注意才好，他們剛剛一舉手，我們就要毫不容情地把他們打落下去！你看他們的心里在打算着反抗我們沒有呢？在打算着逃走沒有呢？他們不是總是想要出來嗎？那末，都不是沒有原因的吧，……你看呀，這個狗子，又在門口伸出頭來了！

——他的眼睛多利害！望天望那邊的路口，還要望這邊的樹林，他的心里在想着一些什麽——逃走嗎？向那邊的路口逃？還是向這邊的樹林里逃？

——俗語說，「捉一隻麻雀兒，也要用着擒虎的力」「死了的老虎，也要當作活的來抵敵牠」——一個有計謀的曾經當過兵的中年人這樣說了；我們假定這傢伙是一個兵，普通的兵還沒有什麽，如果是一個尖兵或者一個戰鬪兵，那又怎樣呢？做了一個戰鬥兵，他的眼睛可就曲折極了：他的眼睛一和一處樹林接觸的時候，心里就想，如果我到了那樹林子里，我又怎樣把自己藏得好好地，把敵人消滅呢？他的眼睛一和一個小山阜接觸的時候，心里就想，如果我到了那小山阜的上面，我又怎樣把自己藏得好好地，把敵人消滅呢？他的眼睛一和一條小河流接觸的時候，心里就想，如果我到了那小河邊，我又怎樣把自己藏得好好地，把敵人消滅呢？——所以凡是一個人，偶然看到他在那里東張張西望望，你不要以爲他的心里就完全沒有別的想頭，我們以前軍營里有一個參謀，他的眼睛是更加利害了，他登上了一個高高的山頭，眼睛單單望到了一架白墳子，就把武平縣全縣的地圖都給畫起來了。

他們這樣嚴密地把他們看守着，不曾讓他們走脫了半個。

* * * *

——臭呀！……在田徑上用木棍當作櫈子板坐着的一個漢子，開始這樣叫。

一點風也沒有，「西照日」(註十二)的烈燄還在四處留着殘餘的威力，把收容所附近——這一幅撒滿着糞溺的坭土蒸發得化成了一種穢濁的氣體，一陣陣的昇騰起來。——一點星兒也沒有。天上蓋着黑雲，快要下雨的樣子。蚊子嗡嗡的叫着，雨點般的飛舞着。鑽糞堆的黑甲虫撥動着臭的翅膀，用那飛機般的軌拉軌拉的聲音壓倒了一切，狂熱地勝利地在低空裏飛旋……

忽然，他聽見了一聲咳嗽，側着耳朵審察了一下，是一個女人——一想到女人，他便記起了那白的胸脯……在什麼地方看到的呀?那胸脯似乎是乾癟的，像一束給小孩子擦屁股的破布，……他不知不覺的從田徑上站了起來，木棍子讓它放在那邊，順着那咳嗽的聲音走，這咳嗽消失得好久了，卻還是清楚地，并且幾乎是溫暖地在他的耳管裏震盪着，簡直癢得很，——他忘記了這泥土的穢臭，俯着上身，低着眼睛向前窺望，如果天上還有星兒，用這明亮的星空作看反襯，立刻就可以看出那突出在地面的黑影，……這方向沒有弄錯，有一種鮮明的聲音發出了，如果盲目地再又踏前了一步，就要立刻把一個人壓壞，——

——誰呀?這裏有人……

這聲音很低，正是一個女人。他想不到這裏有一個婊子，她的聲音竟是這樣的嬌嫩，難道他在這裏日日夜夜的巡邏了那麼久，一付眼睛是這樣的蠢笨，不曾看出那「篷廠子」的裏面，還躲着這麼的一個人，——他踏前了一步，摸到了她的頭髮，呵，這頭髮是那麼篷鬆!……于是她的臉，她的臂膊，……但是這傢伙可太令人胆寒了，一點也不能把她放鬆，她竟然像一條毒蛇似的在掙扎着；他用盡了全身的氣力，背脊出了汗，還不會把她制服下來，如果他的手不能這樣很快地而且很出力地扼住了她的喉頭，那末讓她沒命地一叫，……

過了好久了。

他用嘴巴挨緊着她的耳朵低聲地說，

——你的手……噢，這硬的土塊啦！

她只管默默地，沒有一聲答語，而他是自始至終都不曾放鬆過把她的喉頭緊緊地扼制着的手，——

他輕輕地歎息着，又低聲地對她說，

——明天呀，梅冷鎮，有下酒的紅蟹，——喂，你的手……動呀，要抓緊了我的腰！

但是這當兒，他猛然地給驚住了。——他覺察了她左右攤開着的兩隻手變得很嫩，胸脯的跳動也已經停止，而鼻孔裏是老早就斷了氣，——他嚇得混身顫抖，——如今要把她背着走，沈重得很呀，是從也不曾觸摸過的沈重的物體……！

* * * *

太陽伸展着可怕的烈燄，把天幕煎炙得變成了薄薄而藍色的膜，這是到臨了絕滅的最後一刻，再過了這一刻，那薄薄而藍色的膜就要像受不起些微壓力的玻璃似的，突然地碎裂下來！——熱，鬱悶，衰頹，乏力，飢餓——而且喝呵！這裏是一點水也沒有！小孩子無休止地號哭着，許多人都病倒下來了，——暈濛，神經錯亂，喘息和呻吟，熱度的昇高，幻夢之影的朦朧和脹大，——

——土匪！……強盜！……他們在殺人呀！

在這些積屍一樣的人堆裏，有誰睜開着忪怔的眼睛在作着夢囈。

——嘍，這樣的呀，——這孩子的媽媽昨晚一出去就沒有回來，你知道嗎？

——熱呀，你摸一摸我的面孔，發燒得很吧？

——渴——要命，一點水也沒有！……

——她跑到那裏去了呢？夜裏外面來了老虎吧？

小孩子哭得更利害了，他雖然有一兩歲光景的大，可是太瘦弱了，滿臉的靑根，前額的頂上，直到現在還像初出世的時候一樣，一凹一凹地在跳着，哭起來，嘴是向左邊歪過去，聲音倒還是洪亮得很。

——這孩子的媽媽到底那裏去了呀？

——我實在担心！這樣的事，我一點也不淸楚！

——她不是自己偸偸的逃了？

——見鬼！小孩子不要的嗎？

滿「篷廠子」的人們都嘈起來了，一直嘈了整半天，這什亂的聲音已經傳出了外面。

那最初覺察了裏面的騷亂的情形的，是一個瘦小的漢子，這漢子——走，從石級上跳下來，對于一種聲音的聽取，乃至所有一切的動作都顯得非常銳敏而且精警，——平時，他和那些担任巡邏的人們一起，沒有什麼特點可以從他們之中分別出來，沒有像今天一樣，似乎一舉一動都很可注意。他氣兇兇地闖進了那「篷廠子」的門口，吼叫着，

——你們還再嘈嗎？我不准你們嘈！連說話也不准！

這聲音像雷響一般，把裏面的嘈嚷聲低低地壓服下去。整個「篷廠子」的人們的都肅靜起來了，——連那號哭着的小孩子。

——哼，你們兩個人還在交頭接語，你們在說些什麼？靜着，不准再說！再說，我就用棍子打斷你們的牙齒！

喝着，把一個爛鼻子的揪了下來，在他的背上一連使下了不少的棍子。

人們我看你，你看我，只睜着眼，……裏面有三個男子一齊跳出來了，他們的

眼睛發着火，堅決地緊閉着嘴，而冲激着的怒氣卻使鼻管起着掀動，——他們不聲不響地把那羅岡村人抓了下來，叫他迅急地向着最深的水底往下沈沒，用了暴風雨的姿態，在他的頭上大施冰雹。

全「篷廠子」的人們都湧動起來了，幾十個人一樣地緊張着，瘦黃的臉變成了青藍，但是一聲也不叫喊，只有搏鬥的聲音，把地面都震撼了，「篷廠子」也格格的響。

然而這緊張的場面突然地給驚破下來，十幾個担任看守的漢子們走來了，他們帶着暴烈地向着羊羣直奔的豺狼的氣勢，用木棍，用梭標的柄，急切地毫不假貸地把當頭碰着的每一個災民制服下來。

——他們反了！……反了！……

他們發狂了似的咆哮着。

另外，地保陳百川拿一條鞭子在指揮着，

——你們，有五個人處置他們就夠了！　嘍，狗子們，散開點吧！要把全個收容所都包圍着，……

——快點，給我一條麻繩！我要綑縛了她，叫他一點不能動彈！一個擔任看守的漢子把一個女人踩在脚底下，用木棍的端末猛力地撞擊看她的胸脯，但是還不滿足似的，要把她抛掉了，去奔就第二個目的物。

有三個擔任看守的漢子，把一個高大的傢伙從收容所的門口抓出來，縛在牛棚裏的木柱上，反剪着手，把他的破爛的上衣剝開了，一枝一枝的數着他的肋骨，用一柄稍爲短些的木棍子，在他的第三枝肋骨至第五枝肋骨之間拚命地使用氣力，……

但是這裏的情形是日趨複什，幾乎一個不留神，就要發生了新的突變，——村子裏的人們都鬨動起來了：在西南角的小河那邊，不知是誰家的人死了，有一架女屍被發現，——

有人把這消息告訴了陳浩然那老頭子，對於這樣的奇奇突突的事情，老頭子要怎樣決斷好呢？萬一發生了什麼案件，這裏距那小河還不到半里遠，恐怕免不了要受到多少牽累的吧，——那末只好叫人到梅冷去請林老師了，如果沒有他，什麼都不好辦，——

……老林所有的一切計劃都遭了殘酷的打擊，「特種人工供應所」的廣告所起的作用也不過如此，——日子一天天的延長下去，那貼在壁上的「聯紅紙」在火一樣的陽光的煎炙之下要變成焦黑了吧，要一片片的剝落了吧，……他失望極了，只是關在那黑灰色的屋子裏歎息着。

但是時候到了，「特種人工供應所」的廣告，不曉得是在什麼地方出現的一張，它引動了一個人的注意，并且指示了他的方向，叫他一直走到老林的家裏來。

他曲着指頭，「剝剝」的敲着門板。

過了一會，裏面發出了一聲咳嗽，卻又靜寂下去了，沒有別的回應。

這人一點也不暴躁，并不急急地自己去推開那門子，或者一下子忿怒起來了，什麼都不管，回頭就走。他很有耐心，其實對於他正也非有這種耐心不可，找一個不曾找過的地點，或着會一個不曾會過的人，即使因爲耗費的精力太多，已經到了困苦顚連的地步，甚至把意志力完全拆磨了也好，在這極度的暴躁和忿怒中，總得保持着三分的悠然自得的氣度，不要使樣子失了常態，不然，等一等，當這個人忽然讓你會見了，又是非常客氣地把你款待着的當兒，如果你還是帶着一張難看的面孔，甚至要對他復仇的樣子，——凡是這樣的客人，在主人那邊，沒有問題，大概總不會得到一點同情的吧。當然這個人，智識又豐富，閱歷又深遠，可以放心，他不會連這一點也不顧及，——他平心靜氣地再又把門板敲了一下之後，沒有回應，就低聲地，用嘴巴挨着那門縫邊輕輕的叫，

——開門呀！靜菴先生在家嗎？……對不起！

「靜菴」先生正在裏面作着午睡。——自從那天碰到了那個「公司裏的掌櫃」之後，這黑灰色的屋子就斷了生客的足跡，門庭是冷落得很，過去熱烘烘地盤旋在腦子裏的一切，恐怕正也在這些日子中發了朽，現在一聽見那生疏的敲門聲，心裏一陣震盪，他一翻身，從牀上跳起來，剛才是和衣而睡，現在用不着穿衣服，不會麻煩，這一跳的氣勢直到把門子開開之後還可以充分地保持着，——他於是氣凶凶地對來客喝問，

——你是誰？

但是，一睜開那惺忪的眼，就覺得有點吃驚，——這個人又高又大，戴着白的草帽，穿着白的皮鞋，衣服也是白的，是全套的洋服。

——你到我這邊來，究竟是懷着什麼居心？告訴你呀，你這個威武勇猛的傢伙，凡事總要放鬆三分，不要一味兒老是敲詐別人！

他剛才那一聲氣凶凶的喝問顯然是太「過火」了，這正是「過火」的好

處——對於一個人，有時候如果不採取一種居高臨下的絕對輕蔑的態度兩間的平衡就無從確立，而「交道」也終於沒法子「打」成。

那威武勇猛的傢伙於是鞠躬，點頭，滿口的對不起，把「俯首貼服」當作「謙恭禮讓」的態度來待人，也幷不是一種羞辱；社會上地位高一點的人們就慣用這個派頭，當然也無需乎多所驚怪。

這樣主客兩間都覺得非常調叶，老林發言的態度也把握得很準，——這些都是使一件事成功的不可少的條件，而且這黑灰色的房子，似乎也要比平時來得光亮些，……對於這個時派（註十三）的客人，當然這光亮還是弱得很，——這屋子裏的雜閙的氣味，很足以使人把以前所有到過的地方都一一的追憶起來，非律賓？沙勞越？西貢？馬來亞？要找到一種氣味可以和這氣味互相配合就不大容易，不過這有什麼呢，反正凡是到過了遠方的人，對於無論什麼，總會無條件地加以愛悅或重視。

——請問，先生，你今天到敝舍來，有什麼指教，——老林鄭重的問，

這客人是什麼都不覺得奇怪，就是最初第一次碰見的東西，這在他的認識上也有一個原則，——等一等，這最初第一次碰見的東西，就中也可以找出了一種不生疎的慣例；他也不希望主人會對他更加客氣一點，不喝茶是好的，身邊摸不到一張櫈子，那末就這樣站立好一會也沒有什麼關系．

——Ha——ha！他用日本式的腔調回答；靜菴先生在這里嗎？對不起，靜菴先生不就是你嗎？

——正是！正是！

——很好！很好！……那末，先生所主持的「特種人工供應所」這是怎樣的呢？——嘎嘎，對不起，實在對不起！

老林心里想，

——兔子呵，你的奶奶的，……這是上一次的教訓，我總不能爲着要過分地

自吹自擂之故，而同時也毫無條件地提高了你！

他於是對他反問着

——先生，據你看，這個「特種人工供應所」能不能滿足你的要求？喔，不錯，我第一首先應該問你，先生如果有什麼事情要我們幫忙的話，那到底是屬於什麼性質的呢？

——是的呀，他爽快地回答，似乎剛才正被一種無謂的客套所糾纏，以致所有的意見都不能暢達地發表出來，現在他不能不緊緊的抓住了，這正是一個可以自由發揮的機會；我呢，是留學日本的一個醫生，在東京帝國大學醫科畢業，又在御茶の水順天堂醫院見習了兩年，現在無論什麼——所有一切的奇病異症，一到了我的手，都可以隨便處理，不過我又變更了方針，和一個台灣人到你們海隆縣來採集標本，這當然和生物學的原理的證實上有關，——但是這個台灣人中途走了，所以我到這裏來請求先生幫忙，未知先生能不能答應這個要求？——

這裏有一點要向先生聲明，就是我所努力的還是限定在人體學這一部門，和普通的生物學幷沒有什麼大的關連。

老林的耳管突然給塞進了這麼多的東西，簡直有點紛亂，不過他覺得這樣的事情也很奇特，——他就是不能幫他的忙，但是爲着要和這樣的人物做做朋友，正也應該和他多談一些話……

——先生，這實在很好，可是這「標本」到底從什麼地方找得來？怎樣的找？

那醫生突然走近了老林的身邊，似乎顯示着，

——這就是一種陰謀了，喂，傻子，難道你還不知道？

他於是低聲地說，

——這個標本，是人體的「骨骼標本」，如果你有法子替我找到了死人的屍體，就容易辦了，——不過，這屍體從什麼地方找來，我可以完全不管，就連這屍體所引起的一切案件，在法律上也要絕對地由你負責，我們所定的條件就是這

樣，那末你開一個價目給我吧，每架屍體要多少錢？

對於那醫生的這種單刀直入的話，老林的態度，幾乎是拍手歡迎着說，

——你說得眞暢快了，你再多說一點吧！

他於是把這個價目牢牢的抓住了，迅急地把這個價目思量了一番，——就定爲三十元吧，但是當他快要說出口來的時候，心裏又來了一種疑慮，——我會不會太吃了他的虧呀？這樣再加上二十元，變成了五十元；但是當他快要說出口來的時候，心裏的疑慮又來了，——我難道對這個人多敲一些竹槓的本領也沒有嗎？這樣再加上十元，變成了六十元。

——六十元，——就六十元好了！

不想這六十元——在他以爲已經敲了竹槓的價目也得到了那醫生滿口的答應，他覺得這一切都幻夢得很，碰到了這樣的事，他簡直要神經錯亂起來，原有一切的平衡，都已經給破壞得干干淨淨，……正當這危急的當兒，福祿軒那老

頭子派來傳話的人——鬼知道爲什麼這樣湊巧呵！——就踏進了門口來

他什麼都得救了，因爲有一個嚴重的難題恰恰得了最確當的回覆，……

——這的確是一個天賜的機緣呵！他暗自地叫着，連我自己也不明白到底是交了什麼運道！

這個傳話的人給老林打發回去之後，——老林帶着那醫生隨即也趕到羅崗村去了。這中間沒有經過別的轉折，只是那醫生他不能不請這「特種人工供應所」的主人等一等，因爲他還有一個很大的皮包必須攜帶着走。

* * * *

——林老師，你很久不曾到我們這邊來了，老頭子說；現在事情很不好，這些——大概你都已經知道了吧，……

老頭子所說的「事情」不但是指的那小河裏的女屍的被發現，其中還包舍了別的一件，就是，從收容所裏的災民口中傳出來的消息，有一個女人突然逃走了，那已經是很早的事，而擔任看守的人，却還沒有一個知道，——

林老師匆忙得很，雨傘在手裏還沒有放下，黃葛的長袍子緊貼着那彎曲的背脊，濕落落地流著滿身的汗，他一面要找出一句最簡單最直截的話來回答那老頭子，叫他不要再在那裏嘮嘮叨叨，一面又要關照那醫生，——他於是回頭對那醫生作了一個眼色，似乎叫他也進裏面來歇息一下子吧，而那醫生却老是站在門口，并且顯得很焦急的樣子，幾乎要對他催迫著叫他什麼都可以不必理了，只要趕快帶他到所要到的地方，——

林老師現在簡直沒有空暇去和老頭子作那無謂的應酬，他只能這樣帶喝帶罵似的哼了一聲，

——你看着我做吧！我請你靜下來，在牀上歇一歇怎麼樣？

老頭子不了解，爲什麼今天林老師的態度會突然地變得這樣，而他帶來的

那穿洋服的傢伙又是怎樣的人物呢？還有那個大大的皮包……

老頭子還想對他多說一點話，但是他帶著那穿洋服的傢伙出門去了，由地保陳百川作着嚮導，——這其間，村子裏的人們都擁出來了，他們對於這樣的情形，是疑異——然而又不能不立即加以承認，一切的事實是這樣的像一個鐵盒子似的牢不可破，而裏面是裝了些什麼？——要是如此等於如此之外還有別的東西存在，那就是一個不可解的謎！

——那末一切都由你一個人去處理好了，我有什麼成見呢？……不過，那個女人，到底是已經逃了出去了，會不會去控告就不得而知！……

看熱鬧的人們越來越多了，在福祿軒的門口充塞着，——

有一個瘦小的漢子，對老頭子這樣說，

——那（女人逃走了的事）是謠言呀！有什麼證據呢？……至於小河裏的死屍，那又是另外的一件事！

——如果眞的像你這樣說，那就好了，剛才林老師來了，還來了一帶個人，不知是那裏來的官員，大概是一個驗屍官，我看他有一點……要去驗屍的模樣！

——他是一個驗屍官嗎？

——那還消說，他不是驗屍官是什麼！這是靠得住的，我曾經看過許多殺人的案子，這樣的驗了屍，都把案子破了！……唉，我委實不曉得林老師所開的到底是什麼方子！要證明收容所裏的災民是不是會減少了一個，那只消把他們點算一下就得了，——收容所裏到底有多少災民，不是大家都知道的嗎？……

在這裏，事實的最重要的關鍵是：首先第一，收容所裏是不是眞的有一個女人失蹤，是可以有法子證明的，而這個失蹤的女人是不是和那小河裏的死屍有關，那還是其次的事，……

那漢子的影兒於是在老頭子的面前一閃，又混失在那混亂什遝的人堆裏去了，——人堆裏起初還很恬靜，許多人默默地在看，誰都不聲不響，一下子林老師」帶着那穿洋服的高個子走了，他們似乎就無所禁忌起來，只管嘈什地在嚷—

—地保陳百川發着命令，叫他的伙伴們要把收容所看守得更嚴密些……他們現在要到小河那邊去了，那些看熱鬧的人們是一個也不准在他們的背後跟著走。

好久沒有下雨了，那小河，現在正是乾涸了的時候。河底的石頭給太陽晒得發白，只有河心裏開開一條小小的溝渠，一絲絲的流水，盪著最微弱的波紋，發着最低的音響；——那架被拋進了河裏來的女屍，正在這小溝渠的岸邊直躺着，——還不曾走近她的身邊，就聞到了一陣陣撲鼻而來的惡臭。她的頭髮散亂。突出了的雙眼，像兩顆玻璃珠子，呈着藍色，在猛烈的陽光下發射着令人震慄的微弱而死凝的光燄，上身的一件破爛的黑布衫，像縛在瓷器上以便于操提的繩子似的，在她的頸上細縛着，幾乎捲成了一團，下身的褲子已經脫落了一半，那黑灰色的肚皮高高的腫脹着。縛得緊緊的褲帶子是陷進肉里去了，看不見，只顯着一條深深的橫的小縫無數的蒼蠅，在出着油膩的地方，像皮鼓上的鐵釘兒們的一顆顆牢固地在釘着，……

醫生開開了他的大皮袋，拿出了一大瓶的藥水，洒在尸體的上面，這藥水有着非常濃烈的亞摩尼亞一樣的氣味，淹蓋了從那尸體發出的惡臭，——他穿上了一件綠色的橡皮的吊褂子，像一個臨着刀砧的屠夫，那大皮袋里還放了一個箱子，箱子里裝滿着製造「人體骨骼標本」的利器，這利器，有着說不清的非常複什的式樣，單單把那屍體的頭蓋上的皮肉剝掉，一共就不知更換了多少次，而每一次所更換的都各有不同的式樣，卻是一樣的鋒利，幾乎是切蘿蔔似的，一來一往，都顯得分外的快捷而且簡便，刀梢一碰着骨頭的時候就瑟瑟的發響……。陳百川在北邊的河岸上望風，東奔西走的在制止看熱鬧的人們的接近，老林則當起醫生的助手來了，他目眩神暈，像墜入了催眠術似的，無生命地聽從着醫生的使喚，而且做得很緊張，很出力，——醫生的刀，醫生的手，醫生的無表情的表情，現在是具體地表現了最洗煉最精彩的一面，那是一點也不着慌，不紛亂，所有的動作都一一的配上了適度的輕重和分寸，比之書本上所寫的還要有條不紊，整整有序，……老林在旁站立着，如果還有一條靈魂是屬于他自己所有的話，那末他眞要把這最末的一條靈魂也打發出去了，這醫生的敏捷，精警的手腕，是怎樣的令他拜服，而且驚歎！

這樣不到兩個鐘頭的工夫，那臃腫穢臭的尸體，已經變成了一架白皚皚的骨骼，這骨骼現在給分成了許多零件，從大皮袋里取出了一大綑的棉花，用棉花包紮着，再又一件件按照着次序裝進那大皮袋里去。——這里還有一把活動的小鐵鏟，現就是這小鐵鏟的使用了，——醫生使喚着老林，——在這邊挖一個窟窿吧！

老林依照着做了，鏟子很好，他的手也夠力，好容易把一個窟窿挖成了，于是那再來的工作是，

——把這些挖出來的肉都埋進去吧！要埋得干干淨淨，外面看不出一點什麽來！

這其間，醫生清潔了所有的用具，洗了手，……于是這最後的工作就輪到了地保陳百川的身上，

——現在可以下來了！……這大皮袋不能裝得太多，把那木箱分了出來，對不起，請你幫我拿吧！

地保陳白川當這些箱子是什麽！他雙手拿兩個.

太陽早就下山了，夜幕慢慢地覆蓋下來，——他們回到福祿軒來，已經是上了燈火的時候.

看熱鬧的人們都散回去了，福祿軒的門口雖然還有幾個人停着，在蠢笨地作着反覆互換的探詢，但是大概都得不到什麽要領.天黑了，又看不清楚.一下子林老師帶着同來的人回去了，這些都非常飄忽，——地保陳白川在找一個人替

他們挑箱子，爲着等待這個挑箱子的人，他們在福祿軒停留的時間還不到五分鐘之久。

他們走後，在福祿軒的暗淡的燈光下，地保陳百川對陳浩然那老頭子問：

你知道林老師今天起的什麼主意呢？

——我實在一點也不知道。老頭子回答。

他隨即對地保陳百川問，

——他們今天在那小河邊究竟幹的什麼事？

地保陳百川于是把自己看到的情形告訴了他一點，那却是怪異極了，簡直是不可思議的一回事。

——關于那個死屍的事，我們暫且不管吧，我呢，是一點成見也沒有，……不過，那女人卻到底逃走了，如果她眞的跑到什麼地方去控告去，……唉，……（他沮喪地搖着頭子）也就無可如何！——有人又說是謠言，這到底是怎麼一回事呀？我這幾天在夜里總是睡不着飯量也減了一大半，腦袋是痛得劈劈的響如果我把這些情形寫一封信給國宣的話，我看……

這其間，福祿軒的門口，有一個瘦小的黑影在徘徊着，有時又把身子緊貼着牆壁，隱匿了，也可以說，他自始至終是這樣的嚴守着自己，從也不曾用淸晰的面孔在人們的面前出現；這里顯然有一種不能放手的冀圖，他要採取着一種斷然的手法，激起了驚人的突變，……天上的星兒是一點也沒有，這又是一個作惡的天氣，大概明天就要下雨了——明天……

突然，在「篷廠子」那邊，有一種怪異的聲音響了．——隱隱地，似乎有什麽人遇到了嚴重的災害，他們正撕破了喉朧在叫喊，這喊聲不久就沈寂下去，而這里正發動了一種震撼一切的狂烈的音響，

——火！……火！……

——救命呀！……救命呀！……

隨着這喊聲的高起，黑空里迸出了一陣令人眼瞇的濃烟，這濃烟，夾帶着攫奪一切，威嚇一切的烈燄，——

——虎鳴——虎鳴——

——救命呀！……救命呀！……

老頭子從福福軒的門口踉蹌地走了出來，像白天里出現的一隻小耗子，挺着耳朵，映着眼睛，要在千分之一秒鐘的時間里把所有的一切都聽，把所有的一切都看，——但是他的神經似乎有些錯亂，竟然發狂地叫着，忽而又好像清醒過來了，他低下了叫的聲音，凝視着那咆哮起來的火，他要平心靜氣地對着那火的烈燄發問，但是火的烈燄卻用了兇惡殘暴的全貌喝退了他，叫他只好衰頹地把背脊屈曲起來，蠢笨地瞠着雙眼。他暈了過去，——一到稍爲清醒過來的時候，就像泥土里的可憐的昆虫似的，發出了低微的聲音在叫着，

——百川！……百川！……

彷彿是說，

——百川！這又是你錯了，百川！……

但是地保不知那里去，他的影子老早就已經不見。

全村子的人們都出動了，——還有各家所有的木桶，不過到外面的小河邊去汲水是來不及的，那末傾盡了水缸里所有的水吧，……火勢是太兇狂了，簡直是從地上噴了出來的一樣，——漢子們在火光里卑怯地跳躍着，蠢笨地嘈嚷着，火的烈燄好像驅騾人的手里執着的一條惡毒的鞭子，無情地發着威嚇的命令，——又好像一枝掃箆，把一些救火的人們掃過這邊，又掃過那邊，要把火撲滅那實在只有徒然，……

* * * *

現在，這里是一堆堆的焦黑的尸骸在留存着。灰末，騰着煙的熟了的腸子，焦炭一樣的骨頭，……數不清那被難的人數，也忘記了以前在收容所里「收容」着的災民究竟有多少！

——慈善家，陳浩然那老頭子的心地是輭弱得很，他實在經不起這個震人魂魄的災難，——不過，凡是有慈善家的世界，就不能沒有災難；這里正有一件令人感動的事，應該做：再撥一點款子下來吧，就是「三堆黑骨頭」共一口棺木，也得把牠們好好地埋葬！

（註）一、就是鄉上的小地主用來接待客人及供自己消遣的地方。

二、一種藥品，有時也用在日常的飯菜上。

三、以吹笛兒爲職業的人。

四、廣東東江一帶的方言中有「白蝦顧身不暇」之句，意同「自顧不暇」。

五、狠的土稱。

六、母子倆。

七、意同「搗什子」。

八、鄉下人六月不戴帽子，冬天才戴帽子，一看到城市人六月也戴帽子，不了解，把他們的人格也懷疑起來了。

九、駕昇降機。

十、在輪船里燒火爐。

十一、指用篷搭蓋起來有臨時性質的屋子。

十二、夕陽，特別強調炎熱的意味。

十三、摩登。

火災

一九三七年三月初版

每冊實價三角

著作者　東平

出版者　潮鋒出版社　總發行所　地址：上海牯嶺路四四號

發行人　盧洞天

經售處　生活書店　上海四馬路中市

中國圖書雜誌公司

永華書店

暨本外埠

各大書店

新書預告

通俗「資本論」讀本

川上貫一著

林文譯

本書是日本的新進經濟學家川上貫一先生原著，頃由林文先生費了數月的時光化它譯就，介紹給中國探討眞理的青年朋友們。該書內容之充實，及文字的淺顯，的確是一本在中國出版界中少見的讀物。的確是一本研究經濟學的朋友們所必備的讀物。（三月底前出書）

全書十四萬餘字
廿五開本一巨册
每册售國幣六角

（已在印刷中）

總發行所 潮鋒出版社啓 地址：上海牯嶺路四四號

經售處：生活書店暨郵購部及全國各書局

特約經售：北平琉璃廠自強書局 南京太平路中央書局